빨강 머리 앤

빨강 머리 앤

초판 1쇄 발행 2019년 12월 31일
초판 12쇄 발행 2024년 7월 12일

지은이 루시 M. 몽고메리
옮긴이 하소연
펴낸이 남기성

펴낸곳 주식회사 자화상
인쇄,제작 데이타링크
출판사등록 신고번호 제 2016-000312호
주소 경기도 고양시 덕양구 꽃마을로 34, 1006호,1007호(향동동, DMC스타팰리스)
대표전화 (070) 7555-9653
이메일 sung0278@naver.com

ISBN 979-11-90298-35-3 00840

빨강 머리 앤

루시 M. 몽고메리 지음

자화
상

차례

놀란 레이첼 린드 부인

덜컹거리는 마차를 타고 에이번리의 거리를 내려가다 보면 작은 분지가 나온다. 레이첼 린드 부인은 이곳에 살고 있다.

분지 주위에는 오리나무가 무성하고, 커스버트 가(家) 소유의 깊숙한 숲에서 흘러 내려오는 시냇물은 이곳을 가로질러 흐른다. 그 시내 상류는 연못과 폭포가 있어 급류이지만 린드 부인이 사는 분지에 이르러서는 조용하고 잔잔하게 바뀌었다. 그래서 린드 가의 문 앞을 지날 때는 마치 시냇물까지도 얌전한 태도를 취하지 않으면 안 되는 것처럼 조용히 흐르고 있었다. 린드 부인은 창가에 앉아 시냇물에서 어린이에 이르기까지 그곳을 통과하는 모든 것을 감시하며 조금이라도 마음에 들지 않거나 도리에 어긋나는 일을 발견하면 그 이유를 꼬치꼬치 캐묻지 않고는 못 배기는데, 아마도 시냇물도 이를 알고 있었는지 모른다.

자기의 일까지 제쳐 놓고 남의 일만 감시하는 사람은 에이번리뿐만 아니라 다른 곳에도 많겠지만, 린드 부인은 자기가 할 일은 물론이려니와 남의 일까지 돌보는 성격의 사람이었다. 주부로서의 수완도 놀랍지만 그 밖에 재봉 강습회, 주일학교, 외국 전도부인 후원회 등에서도 활약하고, 남은 시간은 언제나 무명 이불을 짜느라고 여념이 없었다. 에이번리의 주민들은 "오늘은 열여섯 장이나 짰대." 하고 감탄하고는 했다. 이렇게 일을 하는 동안에도 이 분지에서 저 언덕까지 굽이쳐 뻗은 길에서 한순간도 눈을 떼지 않고 살펴보는 솜씨는 놀라운 것이었다. 에이번리 마을은 세인트로렌스 만에 돌출한 삼각형의 작은 반도를 점령하고 있고 양쪽에 바다가 있어 이곳을 오가는 사람들은 누구나 이 언덕을 넘어야 했다. 그렇다 보니 그 누구도 린드 부인의 보이지 않는 눈길을 피할 재간이 없었다.

6월 초의 어느 날 오후, 그날도 린드 부인은 여느 때처럼 창가에 앉아 있었다. 바깥의 따뜻하고 밝은 햇살이 유리창으로 쏟아지고, 고개 밑 과수원에는 새색시의 발그레한 뺨이 연상되는 연분홍색 꽃들이 흐드러지게 피어 꿀벌 떼들이 윙윙거리며 날아다니고 있었다.

"어머나, 매튜가 마차에 타고 있네. 대체 어디를 가는 걸까?"

린드 부인은 이불을 짜던 손을 멈추고 이상하다는 듯이 중얼거렸다. 오늘 밭에서 무씨를 뿌리고 있을 것이 분명한 매튜 커스버트가, 흰 칼라가 달린 말쑥한 외출복을 입고 밤색의 암말이 끄는 마차를 타고 언덕을 오르고 있었던 것이다.

이 사람이 다른 사람이라면 에이번리의 누구든 간에 린드 부인은 그의 행선지와 용무를 알아맞힐 수 있겠지만, 매튜라면 여간해서 외출을 하지 않는 사람이어서 아무리 생각해도 그 행선지를 짐작할 수가 없었다.

"차를 마시고 초록 지붕 집으로 가봐야겠군. 매튜가 어디로 갔는지 마릴라에게 직접 물어봐야지."

린드 부인은 마침내 이렇게 결정했다.

"평소 이맘때쯤에 어디 외출하는 사람도 아니고, 누굴 방문할 일이 있는 사람도 아니니 저렇게 멋지게 차리고 나갈 리는 없는데……. 또 의사를 부르러 가는 것이라면 너무나 느린 걸음이란 말이야. 어젯밤에 무슨 있었나?"

차를 마신 후 린드 부인은 집을 나섰다. 커스버트의 집은 린드 부인의 집에서 분지의 길을 따라가면 반 마일도 안 되는 곳에 있었다. 아들 못지않게 내성적이고 말수가 적었던 매튜의 아버지는 사람들로부터 가능한 한 멀리 떨어진 곳에서 살기를 원했기 때문에 숲속의 외딴 개간지를 골라 초록 지붕 집을 지어 살았다. 그 초록지붕 집은 에이번리의 집들이 사이좋게 늘어선 거리에서는 거의 보이지 않았다. 린드 부인에게는 그곳이 매우 외딴 곳처럼 여겨졌다.

"이런 곳에 그들끼리만 살다니……. 매튜와 마릴라는 정말 이상한 남매야. 나무는 많지만 말 상대는 안 될 텐데……. 하지만 그들은 아주 만족하고 있어. 습관이 잘 된 모양이지. 아일랜드 사람의 말버릇은 아니지만 습관이 되면 목이 졸려도 아무렇지도 않게 생각되는 모양인데……."

이렇게 중얼거리는 동안 오솔길도 끝이 났다. 린드 부인은 초록 지붕 집의 뒤뜰로 들어섰다. 녹음이 우거진 뜰은 깨끗이 정돈되어 있었고 나무 조각 하나 보이지 않았다.

　부엌문을 세게 두드리니 들어오라는 대답이 들렸다. 린드 부인은 안으로 들어갔다. 초록 지붕 집의 부엌은 아늑하게 꾸며져 있었으나 너무도 깨끗하여 오히려 친밀감이 들지 않아 들어서기가 어색했다. 마릴라 커스버트는 자기 자리처럼 되어버린 창가에 앉아 뜨개질을 하고 있었고, 뒤에 있는 식탁에는 저녁 식사가 차려져 있었다.

　미처 문을 닫기도 전에 식탁에 있는 것들을 보고 모든 걸 알아차렸다. 접시가 세 개 놓여 있는 것으로 보아 매튜가 차 마실 손님을 데리고 오는 것을 마릴라가 기다리고 있는 것임이 틀림없었다. 그러나 상차림이 여느때와 같고, 과자도 사과 설탕 조림에 불과한 것을 보면 특별한 손님이 오는 것은 아닌 것 같았다. 이 이상한 수수께끼는 린드 부인에게는 정말 모를 일이었다.

　"어서 오세요. 레이첼!"

　마릴라의 인사는 상냥했다.

"참 기분 좋은 저녁이에요. 모두들 안녕하시죠?"

마릴라 커스버트와 린드 부인 사이는 오히려 성격이 달라서인지 우정이라고 부르지 않고서는 적당한 말이 없는 어떤 따뜻한 감정이 흐르고 있었다.

마릴라는 키가 크고 마른, 둥근 데가 없는 모난 얼굴을 가진 여자였다. 흰 머리카락이 보이기 시작한 검은 머리는 뒤로 틀어 두 개의 쇠 머리핀으로 잡아 매놓고 있었다. 얼핏 보기에 융통성이 없는 것 같았지만 입 언저리는 어떻게 보면 유머가 풍기는 것 같기도 했다.

"덕분에 나는 그럭저럭 건강해요. 오히려 당신이 어떻게 됐는지 걱정했어요. 매튜가 급히 외출하는 것을 보았는데 의사라도 데리러 간 것 아닌가요?"

기다리고 있었다는 듯이 마릴라의 입술이 이상하게 움직였다. 매튜가 나가는 것을 본 린드 부인이 호기심을 이기지 못해 찾아올 것이 틀림없다고 미리부터 기다리고 있던 참이었다.

"아니에요. 어제는 약간의 두통이 있었지만 지금은 아무렇지도 않아요. 매튜는 브라이트 리버 역에 갔어요. 노바스코샤 고아원에서 사내아이를 하나 데려올 작정으로 갔어요. 오늘 저녁 기차로 온다고 해서요."

설령 매튜가 오스트레일리아에서 오는 캥거루를 데리러 브라이트 리버 역에 갔다는 소리를 들었어도 린드 부인이 이렇게 놀라지는 않았을 것이다. 마릴라는 한참 동안 멍한 채 말문을 열지 못했다. 그녀는 가까스로 마음을 가다듬고 이렇게 물었다.

"정말이에요, 마릴라?"

"물론이지요."

마릴라는 잘라 말했다. 린드 부인은 강한 충격을 받았다. 하고 많은 사람 중에 마릴라와 매튜가 사내아이를, 그것도 고아원에서 데리고 온다니 세상이 확실히 뒤집혔구나 싶었다. 이런 것이 놀랄 일이 아니라면 어디에 또 놀랄 일이 있겠는가?

"도대체 어떻게 그런 생각을 다 하셨어요?"

린드 부인은 납득이 가지 않는 모양이었다. 마치 이 일은 자기의 의견을 묻지 않고 한 일이기 때문에 찬성 못한다는 말을 하는 듯했다.

"그 일이라면 우리도 좀 생각해보았지요. 실은 겨우내 생각했어요."

마릴라는 대답했다.

"크리스마스 전 어느 때인지 알렉산더 스펜서 부인이 찾아와서 봄이 오면 호프타운 근처의 고아원에서 계집아이를 하나 데리고 올 작정이라고 말하더군요. 그 후부터 매튜 오라버니와 저는 가끔씩 대화를 나눴고 사내아이를 데려오기로 했어요. 매튜도 이젠 예순인 데다 몸도 예전같지 않고 지병인 심장병으로 고통을 받고 있으니까. 당신도 아시다시피 사람을 고용한다는 것도 귀찮고, 일하는 애들이어 봤자 어정쩡한 프랑스 사내애들밖에 더 있어요? 그 애들도 우리가 키워서 길을 들여 놓으면 새우 통조림 공장이나 미국으로 가버릴 것 아니에요? 그래서 스펜서 부인이 계집아이를 데리러 나설 때 우리도 하나 골라서 데리고 오라고 부탁하기로 합의를 봤지요. 마침내 지난주에 떠난다기에 카모디에 있는 리차드 스펜서 가족에게 부탁하여 열 살이나 열한 살 된 사내아이를 하나 데려오도록 부탁드렸지요. 그만한 나이면 아쉬운 대로 쓸모도 있고 다루기도 쉽고 해서 가장 좋다고 생각했어요. 귀여워해주고 교육도 철저히 시킬 작정이에요. 스펜서 부인으로부터 전보가 왔는데 오늘 오후 5시 반에 아이를 데리고 온대요. 그래서 매튜가 브라이트 리버 역까지 마중을 간 거예요. 물론 스펜서 부인은 그 어린애를 내려놓고 직접 화이트 샌드 역까지 계속 타고 가겠죠."

린드 부인은 항상 자기가 마음먹은 것을 솔직히 얘기하는 것을 자랑으로 삼고 있었기 때문에 놀랄 만한 소식으로 받은 충격이 가라앉자마자 말했다.

"예, 알았어요, 마릴라. 솔직히 말해 두지만 당신들은 정말 바보 같은 짓을 하고 있어요. 정말 위험한 짓이에요. 어떤 애를 데리고 올지 알 게 뭐냐고요? 낯도 코도 모르는 애를 집 안에 들이자는 거예요? 성질도 모르고요. 이 문제에 대한 나의 의견을 물었다면 당신은 그렇게 하지 않았을 텐데. 마릴라, 나는 진심으로 당신들의 생각을 말렸을 거예요."

위안을 하는 말인지 낙담케 하는 말인지는 몰라도 이 말을 들은 마릴라는 화를 내거나 불안해하는 기색도 없이 열심히 뜨개질만 계속하고 있었다.

"확실히 당신의 얘기에도 일리는 있어요, 레이첼. 나도 처음에는 어떻게 될지 걱정은 했지만 매튜가 하도 졸라대고 서두르는 바람에 결국 설득되고 말았지요. 지금껏 매튜가 어떤 일에 이렇게 열중하는 일은 거의 없었거든요. 이럴 때는 내가 양보하는 것이 도리라고 생각했어요. 위험이란 인간사에 늘 있는 일이 아니겠어요? 그렇게 나쁜 쪽으로만 생각하면 아이를 낳는 부모도 없을 거예요. 자식이 반드시 잘된다는 법은 없잖아요?"

"잘되기를 바라고 있지만."

이렇게 말하는 린드 부인의 말은 비관적인 말투였다. 그녀는 매튜가 고아를 데리고 오는 것을 기다리고 싶었으나 아직 두 시간은 족히 남았다고 생각했기 때문에 그만 일어서서 돌아가는 도중에 로버트 벨 집에 들러 이 소식을 전하기로 했다.

그녀는 작별 인사를 하고 돌아섰다.

"뭐가 뭔지. 정말 꿈을 꾸고 있는 것 같네."

그녀는 오솔길에 들어서면서 큰 소리로 중얼거렸다.

"오게 될 그 어린 아이가 정말 불쌍하구나. 매튜나 마릴라나 할 것 없이 어린애를 도대체 모르잖아. 그 아이가 할아버지 이상으로 영리하고 착실하다고 생각할지도 모르고, 혹은 숫제 그의 할아버지가 있는지 없는지조차 모르고 있을 테지. 아무튼 그 초록 지붕 집에 어린애가 있다는 것만 생각해도 이상해져. 그 집에는 어린애의 그림자도 얼씬하지 않았거든. 그 집이 새로 지어졌을 때 매튜와 마릴라는 이미 성장했었고, 그들의 지금 모습으로 봐서는 참다운 소년 소녀 시절이 있었는지 의심이 될 정도란 말이야. 들어올 고아의 신세가 정말 따분하고 불쌍하구나."

린드 부인은 놀란 나머지 장미 숲을 향해 혼자 중얼거리고 있었다. 만일 이때 브라이트 리버 역에서 말없이 참고 기다리는 고아의 모습을 봤더라면 그녀의 동정심은 한층 더 깊어졌을 것이다.

매튜 커스버트의 놀라움

매튜 커스버트와 그의 암말이 끄는 마차는 브라이트 리
버 역으로 향하는 8마일의 길을 느긋하게 달렸다.

매튜는 나름대로 이 길을 즐겼으나, 부인들을 만나 고개
를 숙여야 할 때는 질색이었다. 이 프린스 에드워드 섬에서
는 아는 사람이든 모르는 사람이든 길에서 만나면 서로 고
개를 숙이는 것이 관례였다.

매튜는 마릴라와 린드 부인을 제외하고는 모든 부인들
을 무서워했다. 이 이해할 수 없는 존재들이 자신을 슬쩍
보면서 비웃지나 않을까 하는 생각 때문이었다. 이런 불안
한 예감은 적중되고도 남았다. 그는 앙상한 체구에 긴 회색

머리칼이 굽은 어깨까지 늘어져 있고, 더부룩한 갈색 턱수염은 스무 살 때부터 자란 그대로의 상태여서 풍채가 기묘했기 때문이다.

매튜가 역에 닿고 보니 기차는 그림자도 보이지 않았고, 역장은 매표구의 자물쇠를 잠그고 막 집으로 저녁을 먹으러 가는 길이었다. 매튜는 역장을 불러 5시 30분 기차가 곧 도착하느냐고 물어보았다.

"5시 30분 기차라면 벌써 30분 전에 지나갔지요."

역장은 잘라서 말했다.

"그런데 당신을 찾는 손님이 있었어요. 작은 소녀였지요. 플랫폼 끝 자갈밭에 앉아 있을 겁니다."

매튜는 이상하다는 듯 고개를 갸우뚱하며 말했다.

"제가 마중 나온 건 여자아이가 아니라 남자아이인데요. 스펜서 부인이 사내아이를 노바스코샤에서 데리고 오기로 되어 있어요."

역장이 휘파람을 불다가 말을 계속했다.

"어딘가 착오가 있는 모양이오? 스펜서 부인이 저 여자아이와 함께 내려서 나한테 부탁했는데요. 매튜 씨와 동생

분이 저 애를 고아원에서 인수하였고, 당신이 곧 데리러 온다고 말했어요. 내가 알고 있는 것은 이것뿐이에요."

"저도 이게 어떻게 된 일인지 모르겠네요."

매튜는 뭐가 뭔지 알 수도 없고 또 어찌 해야 될지도 몰라서 마릴라 생각만 간절했다.

"음. 저 애에게 물어보는 게 좋겠소. 아마 당신들이 부탁한 사내아이가 없었는지도 모르지요."

역장은 무뚝뚝하게 말하고 시장했던지 그대로 가버렸다. 혼자 남게 된 매튜는 마지못해 몸을 돌려 소녀를 향해 걸어갔다. 자갈밭에 앉아 있는 소녀는 나이가 열한 살쯤 되어 보이고, 입고 있는 옷이 노란색이 섞인 잿빛의 목면으로 만든 것이어서 보기에 거북할 정도였다. 퇴색된 고동색 수병 모자 밑에서 선명하게 붉은 머리가 두 갈래로 땋아져 등까지 내려와 있었다. 작은 얼굴은 희고 야위었고, 게다가 주근깨투성이였다. 입은 크고 또한 큰 눈은 그때그때의 기분과 빛의 배합에 따라 녹색으로 보이기도 하고 은색으로 보이기도 했다.

이 정도는 보통 사람이라도 알 수 있는 특징이었고, 특별히 섬세한 안목을 가지고 있는 사람이라면 그 소녀의 턱은 대단히 뾰족하고, 큰 눈에는 생기가 넘쳐흐르며, 입 언저리는 유순하게 보이면서도 뚜렷한 윤곽을 가지고 있고, 이마는 넓고 어딘지 어른스러워 보인다는 것을, 소녀의 몸에는 보통사람과 다른 어떤 특별한 영혼이 깃들어 있다는 것을 통찰할 수 있었을 것이다.

매튜가 소녀에게 다가섰을 때 그녀는 너절하게 낡은 손가방을 한 손에 들고 일어서면서 나머지 한 손을 그에게 내밀고, "저, 초록 지붕 집에서 오신 매튜 커스버트 아저씨인가요?" 하고 뚜렷하고 밝은 목소리로 물었다.

"뵙게 되어서 정말 기뻐요. 데리러 오지 않으실까 봐 걱정이 되어 무슨 사고라도 일어나지 않았나 상상했어요. 오늘 밤까지 오시지 않는다면 이 철도를 따라 걸어가 저 모퉁이에 있는 큰 벚나무에 올라가 밤을 새우려고 했어요. 저는 두렵지 않아요. 달빛을 흠뻑 받으며 만발한 벚꽃들 가운데서 자는 것이 얼마나 멋져요? 마치 고대 대리석 궁전에 있는 것 같다고 상상할 수도 있고요. 그렇지요? 오늘 밤은 오시지 않더라도 내일은 꼭 오실 거라고 생각했거든요."

매튜는 볕에 그을린 그녀의 작고 마른 손을 잡으며 결심했다.

　'이렇게 눈이 반짝이는 소녀에게 뭔가 착오가 있었다고는 도저히 말할 수 없다. 일단 집으로 데리고 가서 마릴라에게 그 이야기를 하라고 부탁하자.'

　예상이 어떻게 달라졌든 소녀를 역에 이대로 버려둘 수는 없었다. 그래서 매튜는 미소를 지으며 말했다.

　"늦어서 미안해. 자, 이리 오렴. 저 뜰에 말이 있어. 그 가방을 나에게 주지."

　"아니에요. 저도 들 수 있어요."

　소녀는 힘차게 말했다.

　"이 속에는 저의 전 재산이 들어 있지만 무겁지는 않아요. 그리고 특별히 주의해서 들지 않으면 손잡이가 떨어져 나가요 그래서 제가 드는 게 좋다는 거예요. 드는 방법을 제가 알고 있기 때문이죠. 이건 정말 낡은 가방이거든요. 아저씨가 오셔서 정말 좋아요. 벚꽃 나무 아래서 자는 것도 나쁘지는 않지만, 마차를 타는 것이 더 좋으니까요. 지금부터 아저씨하고 같이 살고 아저씨집 사람이 된다고 생각하니 얼마나 좋아요. 저는 지금까지 누구의 집에 속한 적이 없었으니까요. 어떤 곳보다도 고아원이 제일 싫어요. 불과 4개월밖에 있지 않았지만 지긋지긋해요. 아저씨께서는 고아원에서 사신 적이 없기 때문에 모르시겠지만 정말 상상하기 어려울 정도로 싫은 곳이에요."

둘은 곧 마차를 타고 에이번리를 향해 달렸다. 이따금 대꾸를 하며 듣고 있던 매튜는 자기도 놀랄 정도로 유쾌해졌고, 이 애의 재롱은 정말 사랑스럽다는 생각을 했다. 그때 소녀는 야윈 어깨에 늘어진 윤기 나는 한 가닥의 머리카락을 비틀어 잡고 매튜 앞에 내밀면서 말했다.

"아저씨, 이건 무슨 색깔이지요?"

매튜는 지금까지 남의 부인의 머리 색깔을 구별해본 경험은 없었지만 지금과 같은 경우에는 당황할 필요가 없었다.

"빨갛구나."

소녀는 깊은 한숨을 내쉬더니 머리카락을 손에서 놓으면서 중얼거렸다.

"그래요. 빨개요."

"다른 것들은 그다지 염려가 되지 않아요. 주근깨나 파란 눈, 마른 몸, 이따위 것들은 상상 속에서도 없애버릴 수 있어요. 피부는 장미색이고 눈은 아름다운 별들의 빛깔이라고 상상할 수 있거든요. 그러나 이 빨강머리만은 어쩔 수가 없어요. 저의 머리가 마치 털이나 칠흑처럼 검다고 생각하려 해도 빨갛다는 생각이 뿌리 깊이 박혀 있어 언제나 가슴이 아프답니다. 평생의 슬픔이 되겠지요. 오래전에 저는 일생의 슬픔을 지닌 어느 소녀에 관한 소설을 읽은 적이 있지만 그것은 빨강머리 탓은 아니었어요. 그 소녀의 머리는 금발이었고, 석고와 같은 이마에서 숱 많은 머리채가 뒤로 굽이쳐 늘어진 머리였어요. 석고와 같은 이마가 도대체 무엇인지 몰랐어요. 아저씨는 아세요?"

"글쎄, 잘 모르겠는데."

"아무튼 어떤 멋진 것임에는 틀림없어요. 그 소녀는 신비스러울 정도로 아름다웠으니까요."

소녀가 여기까지 말했을 때 마차는 막 언덕의 꼭대기에 도착했다. 아래에는 좁고 기다란 연못이 보이고, 그 주위엔 크로키스와 들장미들이 만발한 형언하기 어려울 정도로 아름다운 광경이 펼쳐져 있었다. 앞에 보이는 고개에는 흰 사과 꽃들이 핀 과수원이 펼쳐져 있고, 한 채의 회색 집이 보였다.

"저것이 배리 씨 집이다. 그 근처는 오차드 슬로오프(과수원 고개)라고 불리는데, 그 집 뒤에 저렇게 무성한 숲이 없었더라면 여기서 우리 집인 초록 지붕 집이 직접 보일 거야. 그리고 우리는 다리를 건너서 가야 하니까 반마일 이상을 돌아가지 않으면 안 되지."

"배리 씨 집에는 작은 소녀가 있나요?"

"열한 살가량의 소녀가 있다. 이름은 다이애나란다."

"정말 멋진 이름이군요."

"그런가? 나는 어딘가 불신적인 이름이라 생각하는데. 제인이든가 메리든가 하는 정숙하게 들리는 이름이 더 좋아. 다이애나가 태어났을 때 그 집에 학교 선생이 하숙을 하고 있었는데 그이가 그 이름을 지어주었지."

"그래요? 제가 태어났을 때도 그런 선생님이 있었으면 좋았을걸."

또 하나의 고개를 올라 모퉁이를 돌았을 때 매튜가 말했다.

"곧 집에 도착한다. 푸른 지붕 집은 저기 저⋯⋯."

"아, 말하지 마세요."

당황하며 매튜의 말을 가로챈 소녀는 집을 가리키려고 들어올린 매튜의 팔을 누르며 그의 몸짓을 보지 않으려고 눈을 감았다.

"저한테 알아맞히게 해주세요. 꼭 맞힐 테니까요."

소녀는 눈을 뜨고 주위를 살폈다. 두 사람은 언덕의 꼭대기에 있었다. 조금 전에 해는 졌으나 평온한 저녁노을 속에서 일대가 환하게 보였다. 소녀는 열심히 주위를 살핀 후에 마침내 왼쪽 길에서 깊숙이 들어간 곳에 있는 집을 가리키며 말했다.

"저기예요, 그렇지요?"

매튜는 기쁜 듯이 말고삐로 찰싹 암말의 등을 쳤다.

"그래, 네 말이 옳아. 하지만 스펜서 부인한테서 미리 듣고서 알아맞혔지?"

"아니에요. 듣지 않았어요. 정말 듣지 않았어요. 저쪽을 본 순간 저것이 우리 집이란 것을 금방 느꼈어요. 아! 마치 꿈속에 있는 것 같아요. 저의 팔은 팔뚝 근처가 멍투성

이가 되어 있어요. 아침부터 그곳을 몇 번이나 꼬집었는지
몰라요. 그럴 때마다 무섭게 걱정이 들던 때라 모두가 꿈
이 아닌가 하는 생각이 들었어요. 그때는 꿈이 아닌 현실
임을 확인하기 위해 팔을 꼬집었어요. 하지만 문득 꿈인들
어떡하겠냐는 생각이 들었고 될 수 있는 한 꿈이 아니기를
바라며 꼬집는 일을 그만두었어요. 이제는 모든 것이 사실
로 증명되고 곧 우리 집에 도착할 테니까요."

　소녀는 제법 즐거운 표정으로 한숨을 쉬며 입을 꽉 다물
었다. 매튜는 걱정스레 몸을 움츠렸다. 고아 소녀가 그렇게
도 열렬히 바라던 집이 결국 네 집이 아니라는 말을 해야 하
는 사람이 자신이 아니라 마릴라라는 사실이 다행스러웠다.

　집에 도착할 무렵 매튜는 모든 것이 폭로될 순간이 한없
이 무서워졌다. 아이의 눈에서 기뻐하는 빛이 사라질 생각
을 하니 꼭 무엇을 죽이는 일에 동참하는 듯해 마음이 언
짢았다. 마치 양이나 송아지나 죄 없는 작은 생명을 죽여야
할 때와 같은 기분이었다.

　두 사람이 뒤뜰에 들어섰을 때는 완전히 날이 저물고, 주
위에는 미루나무 잎들이 가볍게 살랑거리는 소리를 내고

있었다.

매튜가 아이를 안아서 땅에 내려주자 아이가 속삭였다.

"나뭇잎들이 잠꼬대하는 소리를 들어보세요."

그 후에 여자아이는 이 세상의 전 재산이 들어 있는 여행 가방을 들고 매튜의 뒤를 따라 집 안으로 들어갔다.

마릴라 커스버트의 선택

매튜가 문을 열자 마릴라는 서둘러 맞으러 나왔다. 하지만 보기 뻣뻣하고 보기 흉한 원피스 차림에 빨간 머리를 뒤로 땋아 내린 이상한 소녀를 보고 놀라서 우뚝 멈춰 섰다.

마릴라는 버럭 소리를 질렀다.

"매튜 오라버니, 이 아이는 누구지요? 사내아이는 어디 있어요?"

"사내아이는 없었어. 이 아이뿐이었어."

매튜는 맥이 빠진 듯이 말했다.

"사내아이는 없었다니요? 있어야 하는 거잖아요. 사내아이를 데려다 달라고 스펜서 부인에게 부탁했잖아요."

"그랬지. 하지만 이 애를 데리고 왔지 뭐야. 역장한테도 물어봤지. 하지만 어떤 착오가 있었다고 해도 이 애를 거기에 그대로 두고 올 수는 없었어."

"아, 이게 어떻게 된 일이지?"

마릴라는 놀라서 외쳤다.

이런 말이 오가는 동안 소녀는 말없이 그대로 서 있었다. 생기 있던 빛은 그녀의 얼굴에서 흔적도 없어지고, 두 사람을 번갈아보다가 갑자기 가방을 내려놓더니 한 발자국 앞으로 나와 두 손을 꼭 쥐며 소리쳤다.

"저를 원하지 않으셨군요. 제가 사내아이가 아니어서 필요 없으신 거죠? 역시 거짓말이었군요. 지금까지 아무도 저를 원하는 사람이 없었거든요. 모든 게 너무 아름다워서 오래가지 못할 것이라 걸 알았어야 했는데……. 아, 전 어쩌면 좋아요? 울고만 싶어요."

아이가 울음을 터뜨렸다. 식탁 옆 의자에 앉아 두 팔을 식탁 위에 털썩 얹고는 얼굴을 파묻은 채 펑펑 울어댔다. 마릴라와 매튜는 어찌할 줄 모르고 서로 얼굴만 쳐다보다가 조금 후에 마릴라가 이 일을 수습하려고 나섰다.

"자! 이젠 울지 마라. 오늘 밤에 너를 내쫓자는 건 아니니까. 어쨌든 이 착오를 밝힐 때까지 여기 있어야 해. 이름은 뭐라고 하지?"

소녀는 조금 주저하다가 간절하게 말했다.

"코딜리어라고 불러주시겠어요?"

"코딜리어라고 불러 달라니. 그게 네 이름이냐?"

"아뇨! 제 이름은 아니지만 코딜리어라고 불리고 싶어요. 굉장히 우아한 이름이잖아요."

"도대체 무슨 얘기인지 모르겠다. 코딜리어가 아니라면 이름이 뭐지?"

"앤 셜리예요."

앤 셜리라는 이름의 소녀는 마지못해 대답했다.

"하지만 제발 코딜리어라고 불러주세요. 여기는 우리밖에 없으니까 상관없잖아요? 앤이라는 이름은 하나도 낭만적이지 않단 말이에요."

"낭만적이지 않다니! 앤이야말로 아주 훌륭하고 반듯한 이름이다. 부끄러워할 것 없어."

마릴라는 차갑게 대꾸했다.

"어머, 전 부끄러워하지는 않아요. 그저 코딜리어라는 이름이 좋을 뿐이에요. 앤이라는 이름을 부르시려거든 'E'가 붙은 철자의 앤으로 불러주세요."

"철자 같은 건 어떻게 정하든 큰 차이는 없지 않아?"

"아니에요. 큰 차이가 있어요. 'ANN'은 보는 감각이 퍽 나쁘지만 'ANNE'은 훨씬 고상하게 보여요."

"좋아! 그러면 'E'자가 붙은 앤 양, 어떻게 해서 이런 착오가 생겼는지 말해주지 않겠니? 우리는 사내아이를 데려다 달라고 스펜서 부인에게 부탁했어. 고아원에 사내아이가 없었던 거니?"

"아, 아니에요. 많이 있었어요. 하지만 스펜서 아주머니는 분명히 열한 살쯤 되는 여자아이가 필요하다고 말씀하셨어요. 그래서 원장 선생님이 저를 추천하셨고요. 저는 정말 얼마나 기뻤는지 몰라요. 어젯밤엔 너무 기뻐서 한숨도 못 자는걸요."

"스펜서 부인이 너 외에 누구를 데리고 왔니?"

마릴라가 물었다.

"리리를 자기 집으로 데리고 가셨지요. 리리는 아직 다섯 살이고 여간 예쁜 애가 아니에요. 머리색은 갈색이에요. 만일에 제가 예쁘고 갈색 머리를 가졌더라면 저를 그대로 있게 해주실 거예요?"

"아니야, 우리는 농장에서 매튜 오라버니의 일을 거들 사내아이가 필요해. 여자아이는 필요 없어. 자, 그럼 모자를 벗어라. 모자하고 가방은 현관 탁자 위에 놓아두마."

앤은 힘없이 모자를 벗었다. 얼마 후 말을 돌보러 나갔던 매튜가 돌아오자 다들 자리에 앉아 저녁 식사를 하게 되었다. 그러나 앤은 먹을 수가 없었다. 버터를 바른 빵을 우물거려도 보고, 자기 접시에 놓인 가리비 모양의 유리그릇에 담긴 사과잼도 억지로 입에 대봤지만 소용이 없었다. 음식은 전혀 줄어들 기미가 없었다.

"아무것도 먹지 않고 있구나."

마릴라가 꾸지람하듯이 말하자 앤은 슬픈 듯이 한숨을 쉬었다.

"먹을 수가 없어요. 저는 지금 절망의 구렁텅이에 빠져 있어요. 아주머니는 절망의 구렁텅이에 빠져 있을 때 음식이 넘어가세요?"

"난 절망의 구렁텅이에 빠져본 적이 없어서 모르겠구나."

마릴라가 대답했다.

"제가 못 먹는다고 너무 언짢아하지 마세요. 음식은 더할 나위 없이 맛있지만 도저히 넘어가질 않아요."

마구간에서 돌아온 후 한 마디도 않던 매튜가 입을 열었다.

"이 아이는 지쳤을 거야. 방에 데려가 재우는 것이 좋겠어. 마릴라."

마릴라는 앤을 어디에 재워야 할지 고민했다. 바라고 기다리던 남자아이를 위해 부엌방에 이미 자리를 봐놓기는 했지만, 그 자리가 아무리 깔끔하다 해도 여자아이의 잠자리로는 맞지 않아 보였다. 그렇다고 오늘 처음 본 아이를 손님방에 묵게 하는 것도 말이 안 됐다. 그러다 보니 동쪽에 있는 지붕 밑 다락방만 남았다. 마릴라는 촛불을 켜들고 앤에게 따라오라고 말했다. 앤은 현관 탁자 위에 놓인 모자와 가방을 들고는 시무룩하게 마릴라의 뒤를 따라갔다.

방 안내를 끝낸 마릴라는 부엌으로 천천히 내려와 설거지를 시작했다. 매튜는 담배를 피우고 있었다.

마릴라는 화가 잔뜩 난 목소리로 말했다.

"이건 우리가 직접 가지 않고 남에게 부탁했기 때문에 생긴 일이에요. 스펜서 부인은 부탁을 잘못 알아들었어요. 우리 중 한 사람이 내일 스펜서 부인을 만나러 가야겠어요. 저 애를 고아원으로 돌려보내야 하니까요."

"꼭 그렇게 해야 할까?"

매튜는 마지못해 대답했다.

"'그렇게 해야 할까'라니요? 오라버니는 아직도 사태의 심각성을 모르고 있군요."

"하지만 저 애는 정말 예쁘고 좋은 애야. 마릴라. 저렇게 여기에 있고 싶어 하는 애를 돌려보낸다는 것은 무자비한 일이 아니냐?"

"오라버니, 설마 저 아이를 데리고 있자는 말을 하는 건 아니겠죠?"

가령 매튜가 물구나무를 서겠다고 얘기한들 마릴라가 이렇게 놀라지는 않았을 것이다.

"저, 꼭 그런 것은 아니지만……."

추궁을 받고 궁해진 매튜는 어물어물했다.

"내 생각에 우리는 저 애를 이대로 데리고 있을 수 없어요. 무슨 도움이 된다고요."

"우리가 저 애에게 도움이 될 수는 있겠지."

매튜가 갑자기 뜻밖의 말을 했다.

"매튜 오라버니, 저 아이가 오라버니에게 마법이라도 걸었나 보군요! 오라버니가 저 애를 집에 두고 싶어 하는 마음이 훤히 보이잖아요."

"글쎄. 저 아이는 참 재미있는 아이야. 너도 저 아이가 역에서 오면서 했던 얘기를 들어봐야 하는데."

"네, 말은 정말 빨리 하더군요. 나도 단번에 알아봤어요. 하지만 그게 장점이 되지는 못해요. 나는 말 많은 아이를 좋아하지 않아요. 그리고 저 애는 내가 키우고 싶은 아이가 아니에요. 어딘지 이해가 안 되는 구석이 있어요. 저 아이는 자기가 있던 데로 당장 돌아가야 해요."

매튜가 말했다.

"농장 일이야 프랑스 남자아이를 구하면 돼. 그리고 저 애는 네 말 상대가 되어줄 거다."

"말 상대 같은 건 있는 게 오히려 귀찮아요."

마릴라는 냉정하게 말대꾸했다.

매튜가 일어나 파이프를 치우며 말했다.

"그래, 물론 네 말이 맞겠지. 마릴라, 나는 이만 자러 가마."

매튜는 침실로 갔다. 마릴라도 설거지가 끝나자 냉정하게 찡그린 얼굴로 자기 방으로 들어갔다. 그리고 위층 동쪽 방에서는 외롭고 정에 굶주린 외톨이 아이가 울다가 지쳐 잠이 들었다.

초록 지붕 집에서의 아침

날이 훤히 밝고서야 앤은 잠에서 깨어났다. 잠깐 동안 앤은 자기가 지금 어디에 있는지 생각나지 않았다. 처음엔 아주 즐겁고 가슴이 떨릴 만큼 벅찬 기분이 들었는데, 이내 끔찍한 기억이 되살아났다.

앤은 무릎을 꿇고 창가에 기대어 6월의 아침 풍경을 바라보았다. 아, 너무도 아름다운 모습이었다. 이보다 멋진 곳이 또 있을까? 여기서 살 수만 있다면!

밖에는 커다란 벚나무가 창에 가지가 부딪혀 톡톡 소리를 낼 정도로 가까이 붙어 자라고 있었고, 꽃이 어찌나 가득 피었는지 잎이 거의 보이지 않을 지경이었다. 집 양옆에 있는 큰 과수원에서도 사과나무와 벗나무가 하얗게 꽃잎을 흩날리고, 나무 밑 풀밭에는 노란 민들레가 지천이었다. 정원에 핀 자줏빛 라일락꽃이 풍기는 아찔하게 달콤한 향기가 아침바람을 타고 창으로 흘러들었다.

정원 아래쪽은 클로버가 무성한 풀밭이었는데, 시내가 흐르고 하얀 자작나무가 까마득한 골짜기까지 비스듬히 이어져 있었다. 덤불 속에는 고사리와 이끼와 숲속 식물이 싱그럽게 자라고 있을 것 같았다. 저편 언덕엔 가문비나무와 전나무들이 보송보송한 초록 이파리를 달고 서 있고, 그 사이로 반짝이는 호수 맞은편에서 보았던 작은 회색 집 귀퉁이가 보였다. 왼쪽에서 좀 떨어진 곳에는 커다란 헛간들이 있고, 야트막한 초록빛 언덕 저 아래로 반짝이는 푸른 바다가 어렴풋이 보였다.

앤은 그 모든 것을 빨아들이기라도 하듯 잠시도 눈을 떼지 않았다. 가엾게도 앤은 지금까지 아름답지 않은 곳을 너무 많이 보아 왔다. 하지만 이곳은 앤이 언제나 꿈꾸던 모습 그대로 아름다웠다.

아침 식사를 마치자 앤이 설거지를 하겠다고 나섰다.

마릴라가 미덥지 않은 투로 물었다.

"제대로 할 수 있을까?"

"문제없어요. 물론 아기를 더 잘 보지만요. 아기들을 돌본 경험이 아주 많거든요. 아주머니 댁에 돌봐줄 아기가 없어서 정말 안됐지 뭐예요."

"나에겐 지금 있는 너만으로도 충분해. 좋아, 접시를 씻어봐. 뜨거운 물을 많이 쓰고 잘 말리는 거야. 오늘 아침엔 내가 할 일이 무척이나 많아. 오후에 화이트 샌즈까지 가서 스펜서 부인을 만나고 오지 않으면 안 되니까. 너도 데리고 가서 어떻게 해야 좋을지 결정지어야 할 것 같다. 그러니 설거지가 끝나면 2층에 올라가서 침대를 정돈하는 거야."

날카로운 눈으로 앤을 보고 있던 마릴라는 앤의 설거지 솜씨가 좋다고 판단했다. 그러고 나서 앤은 이불을 정돈했으나 이 일은 그리 썩 잘하지 못했다. 지금까지 깃털 이불을 만져본 적이 없었기 때문이다. 앤이 이럭저럭 이불 정돈을 끝내자 마릴라는 앤이 또 성가시게 굴까 봐 점심때까지 밖에서 놀라고 일렀다.

매튜는 말없이 보통 때처럼 열심히 일했지만, 마릴라가

느끼기에는 앤을 집에 두고 싶단 생각이 그날 아침에도 여전한 듯했다. 마릴라는 조금 이른 점심을 끝내고 매튜에게 물었다.

"오늘 오후에 마차를 좀 써도 좋지요?"

매튜는 아쉬운 듯 앤을 바라보며 고개를 끄덕였다. 마릴라가 그 시선을 가로막고 딱 잘라서 말했다.

"저는 화이트 샌즈에 가서 이 문제를 처리하려 해요. 앤도 데리고 가겠어요. 스펜서 부인은 이 애를 노바스코샤에 돌려보낼 수속을 꼭 해주겠지요? 오라버니 차는 준비해놓았어요. 소젖 짤 시간에 늦지 않도록 돌아올게요."

매튜는 여전히 아무 말이 없었다. 마릴라는 하나마나 한 소리를 했다는 생각이 들었다. 출발 시간이 되자 매튜가 마차에 밤색 말을 매어주었고, 마릴라와 앤은 출발했다. 매튜는 울타리 문을 열어주고는 마차가 천천히 지나가자 딱히 누구에게랄 것도 없이 중얼거렸다.

"오늘 아침에 크리크에서 사내아이인 제리 부트가 왔기에, 여름 동안 밭일을 거들어줘야 할 것 같다고 말해두었지."

심통이 난 마릴라는 아무런 대꾸도 없이 애꿎은 말을 채

찍으로 내리쳤다. 이런 부림에 길들지 않은 살찐 암말은 화가 나서 좁은 오솔길을 마구 달려 내려갔다. 마릴라가 마차가 흔들리는 여세로 뒤를 돌아보았을 때 화가 난 매튜는 문에 기대어 쓸쓸히 그들을 배웅했다.

앤의 지난 이야기

앤이 비밀 고백이라도 하듯이 말했다.

"있지요. 전 즐거운 기분으로 가기로 했어요. 지금까지 마음만 굳게 먹으면 대개 무슨 일이든 즐길 수 있었거든요. 마차를 타고 가는 동안에는 고아원으로 돌아간다는 생각은 접어둘래요. 그냥 마차를 타고 간다는 생각만 할 거예요. 어머, 보세요. 벌써 들장미 한 송이가 피어 있네요. 정말 예쁘죠? 저 꽃은 장미라서 무척 기쁠 거예요. 장미들이 얘기를 할 수 있다면 얼마나 멋질까요? 게다가 분홍색은 세상에서 가장 매혹적인 색깔이잖아요. 저는 분홍색이 참 좋아요. 하지만 그런 색깔의 옷을 입을 수는 없어요. 머리카락이 빨간 사람들은 분홍색 옷을 입으면 안 돼요. 상상 속에서라도 말이에요. 혹시 어릴 땐 머리카락 색이 빨갰는데 자라면서 다른 색으로 바뀌었다는 이야기를 들어본 적이 있나요?"

"아니, 한 번도 없다. 그리고 그건 네 경우도 마찬가지일 것 같다."

마릴라가 쌀쌀맞게 대꾸했다.

앤은 한숨을 쉬었다.

"아, 희망 하나가 또 사라졌네요. 제 인생은 그야말로 희망이 묻힌 묘지예요. 이건 언젠가 책에서 읽은 구절인데요. 무언가에 실망할 때마다 되풀이해서 말하며 위안을 얻곤 해요."

"그게 어떻게 위로가 된다는 건지 모르겠구나."

"뭐랄까, 마치 제가 책 속의 주인공이 된 것처럼 근사하고 낭만적으로 들리거든요. 전 낭만적인 것을 아주 좋아해요. 희망이 묻힌 묘지는 누구나 상상할 수 있을 만큼 낭만적인 말이잖아요? 안 그래요? 제가 그렇다는 게 오히려 기쁠 정도예요. 오늘도 '반짝이는 호수'를 지나가나요?"

"배리 연못 쪽으로는 가지 않는다. 반짝이는 호수라는 게 그 연못을 두고 하는 소리라면 말이다. 우린 바닷가 길로 갈 거야."

앤이 꿈꾸듯이 말했다.

"바닷가 길이라니 근사하게 들리네요. 이름처럼 그렇게 멋있을까요? 아주머니가 '바닷가 길'이라고 말씀하시는 순간 아름다운 그림이 떠올랐어요. 화이트 샌즈라는 이름도 예뻐요. 하지만 에이번리만큼은 아니에요. 에이번리는 정말 아름다운 이름이에요. 꼭 음악 소리 같거든요. 화이트 샌즈까지는 얼마나 멀죠?"

"8킬로미터쯤 된단다. 넌 말하는 걸 무척 좋아하는 것 같으니, 이왕이면 너에 대한 이야기를 해보려무나."

앤이 간곡하게 말했다.

"아, 제가 저에 대해 알고 있는 건 그리 말할 게 못 돼요. 제가 상상하는 걸 들으시는 게 훨씬 재미있으실 거예요."

"아니, 네 상상 따윈 필요 없단다. 있는 그대로 말해보렴. 처음부터 시작해봐. 고향은 어디고 나이는 몇 살이니?"

"제가 출생한 곳은 노바스코샤 주의 볼링브로크고 지난

3월에 만 열한 살이 되었어요. 아버지 이름은 월터 셜리, 볼링브로크 고등학교 선생님이셨죠. 어머니 이름은 버서 셜리였고요. 월터나 버서 모두 멋진 이름이죠? 부모님 이름이 좋아서 정말 다행이에요. 만약 아버지 이름이 제데디어라면 정말 창피했을 거예요. 안 그래요?"

"행실만 바르다면 이름은 그다지 중요한 게 아니야."

"그럴까요? 전 잘 모르겠어요."

앤이 생각에 잠긴 얼굴로 말을 이었다.

"아무튼 어머니도 고등학교 선생님이셨는데, 아버지와 결혼하신 뒤로는 그만두셨대요. 남편을 내조해야 했으니까요. 토마스 아주머니의 말로는, 두 분 다 세상 물정에 어두운 데다 찢어지게 가난하셨대요. 부모님은 볼링브로크의 자그마한 노란 집에서 살림을 차리셨다고 해요. 전 그 집을 한 번도 보지 못했지만 상상은 수없이 많이 해봤어요. 거실 창문 위로 인동덩굴이 자라고, 앞뜰엔 라일락이, 대문 바로 안쪽엔 은방울꽃이 피어 있었을 거예요. 창문마다 모슬린 커튼이 쳐져 있었을 테고요. 모슬린 커튼은 집안 분위기를 살려주거든요. 저는 그 집에서 태어났어요. 토마스 아주머니는 저처럼 못생긴 아이는 본 적이 없었대요. 어찌나 조그맣고 깡말랐던지 눈밖에 보이지 않았다나요. 하지만 어머니는 제가 정말 예쁘다고 생각하셨대요. 청소하러 오시는 가난한 아주머니보다야 어머니의 판단이 더 맞지 않겠어요. 그렇죠? 어쨌든 엄마가 저를 마음에 들어 하셨다니 기뻐요. 엄마를 실망시켜 드렸다면 저는 정말 너무 슬펐을 거예요. 그 후로 얼마 사시지 못했거든요. 제가 태어난 지석 달 만에 어머니는 열병으로 세상을 떠나셨어요. 제가 어머니라고 부르던 기억이 날 때까지만이라도 사셨으면 좋았을 텐데. '어머니'라고 부르는 소리는 참으로 정겨운 느낌이 들어요. 그렇죠? 나흘 뒤엔 아버지마저 열병으로 돌아가셨어요. 그리고 저는 고아가 됐지요. 토마스 아주머니의 말로는 다들 절 어떻게 해야 할지 몰랐대요. 그때도 저를 원하는 사람은 아무도 없었으니까요. 어쩌면 그게 제 운명인가봐요. 아버지와 어머니 두 분 다 먼 지역에서 오신 데다 친척이 한 명도 없었거든요. 결국 토마스 아주머니가 저를 맡기로 하셨어요. 가난한 살림에 남편이 술주정뱅이였는데도 말이죠. 아주머니가 손수 우유를 먹이며 저를 키우셨대요.

토마스 아주머니는 볼링브로크에서 매리스빌로 이사하셨고, 저는 그 집에서 여덟 살까지 살았어요. 아이들을 돌봐주면서요. 저보다 어린 아이가 네 명 있었는데, 이것저것 챙길 게 아주 많았어요. 그러던 어느 날 토마스 아저씨가 기차에서 떨어져 돌아가셨어요. 토마스 아저씨의 어머니가 식구들을 데려가겠다고 했지만 저는 원하지 않았어요. 토마스 아주머니는 절 어찌해야 좋을지 몰랐대요. 그때 마침 강 위쪽에 사시는 해먼드 아주머니께서 제가 아이들을 잘 돌보는 것을 알고는 저를 맡겠다고 오셨어요. 그래서 저는 강 위쪽으로 올라가 잘려진 나무 밑동이 가득한 좁은 개간지에서 해먼드 아주머니와 함께 살게 되었지요. 퍽 쓸쓸한 곳이었어요. 제게 상상력이 없었더라면 그런 곳에서 살 수 없었을 것 같아요. 해먼드 아저씨는 작은 목재소에서 일하셨어요. 아주머니는 아이가 여덟이었는데, 그중에 쌍둥이가 세 쌍이나 되었어요. 저는 아이들이 적당히 있는 건 좋아하지만, 연달아 쌍둥이 세 쌍은 너무 많지 뭐예요. 마지막 쌍둥이가 태어났을 때 아주머니께 그렇게 말씀드렸어요. 여기저기 안고 다니느라고 퍽 피곤하다고요. 3년 이상 해먼드 아주머니와 함께 살았지만 해먼드 아저씨가 돌아가시자 아주머니 혼자서 살림을 꾸려 나갈 힘이 없었어요. 그래서 아이들을 친척들에게 맡기고 미국으로 가버리셨죠. 저는 아무도 데려가지 않아서 호프턴에 있는 고아원으로 갈 수밖에 없었어요. 처음엔 고아원에서조차 아이들이 꽉 찼다며 받아주지 않았는데, 어쩔 수 없이 맡아주셨죠. 스펜서 아주머니가 올 때까지 거기서 넉 달을 살았어요."

앤이 이번엔 안도의 한숨을 내쉬며 말을 마쳤다. 외면당하며 살아온 지난날을 얘기하기가 싫었던 게 분명했다.

"학교에는 다닌 적 있니?"

마릴라가 바닷가 길 쪽으로 말을 몰며 물었다.

"얼마 다니지 못했어요. 토마스 아주머니 댁에서 살던 마지막 해에 잠시 다녔지요. 강 위쪽에서 살 때는 학교가 너무 멀어서 겨울엔 걸어 다닐 수가 없었고, 여름엔 방학이어서 봄과 가을에만 갈 수 있었어요. 물론 고아원에 있을 때는 계속 다녔고요. 저는 책도 꽤 잘 읽고, 외우고 있는 시도 아주 많아요. 『호헨린덴의 전투』, 『플로든 전투 후의 에든버러』, 『라인 강변의 빙엔』, 『호수의 여인』 여러

편과 제임스 톰슨이 쓴 『사계』 대부분을 외워요. 아주머니는 등골이 오싹해지는 시를 좋아하세요? 5학년 교과서에 『폴란드의 멸망』이라는 시가 실려있는데, 정말 소름이 끼칠 정도로 감동적이에요. 물론 저는 5학년이 아니고 4학년이긴 했지만 언니들이 빌려주곤 했거든요."

마릴라는 앤을 곁눈질하며 물었다.

"토마스 아주머니나 해먼드 아주머니는 너한테 잘해주셨니?"

앤이 머뭇거렸다. 감수성이 예민한 작은 얼굴이 갑자기 빨개지며 당황하는 기색이 역력했다.

"네, 두 분 다 잘해주셨어요. 될 수 있는 대로 친절하고 다정하게 대해주시려 했다고 생각해요. 잘해주려는 마음이 있다면 항상 그렇게 되지 않더라도 상관없어요. 안 그래도 걱정거리가 많은 분들이었으니까요. 남편이 술주정뱅이라면 얼마나 괴롭겠어요. 세 번씩이나 연달아 쌍둥이를 낳는 건 또 어떻고요. 그래도 저한테 잘해주려 했다는 것만은 분명해요."

마릴라는 더 이상 묻지 않았다. 앤은 입을 다문 채 바닷가 길을 바라보았고, 마릴라는 깊은 생각에 잠기며 마차를 몰았다. 갑자기 이 애에 대한 연민의 감정이 그녀의 마음을 움직이게 했다. 얼마나 애정에 굶주린 생황을 보냈던가? 마릴라는 앤이 들려준 이야기를 통해 아이의 괴롭고 가난하고, 사람에게 버림받았던 생활을 알게 되었다. 진짜 가정이 생긴다고 그토록 기뻐했던 것도 무리가 아니었다. 다시 고아원으로 돌아간다면 정말 딱한 일이었다. 만약 매튜의 알수 없는 변덕을 받아들여 저 아이를 집에 둔다면 어떨까? 매튜야 이미 마음을 굳힌 상태고, 이 아이도 심성이 착하니 제대로 가르치면 잘 자랄 것도 같은데…….

마릴라는 속으로 생각했다.

'말이 너무 많기는 하지만 그건 교육을 못 받아서인지도 모르지. 말투가 무례하거나 상스러운 것도 아니고, 어딘지 품위가 있어 보여. 아무래도 반듯한 집안 아이인가 봐.'

바닷가 길은 나무가 많고 황량하여 인적이 없었다. 왼쪽은 험한 절벽이었고, 오른쪽엔 오랜 세월 바닷바람과 꿋꿋이 맞서 온 전나무들이 빽빽이 들어 차 있었다. 절벽 밑에는 파도가 밀려들고 울퉁불퉁한 바위들이 겹쳐져 있었다.

군데군데 바다의 보석과 같은 자갈들이 박힌 작은 모래밭이 있었다. 그 너머로 희미하게 반짝이는 푸른 바다가 펼쳐졌고, 갈매기들이 햇살에 은빛 날개를 반짝이며 바다 위로 날아올랐다.

"바다는 정말 멋져요!"

조금 전부터 눈을 크게 뜬 채 말이 없던 앤이 말했다.

"제가 매리스빌에 살 때, 하루는 토마스 아저씨가 사륜마차를 빌려와 16킬로미터나 떨어진 바닷가로 놀러간 적이 있었어요. 그날을 몇 년이고 꿈에서 새기며 즐겼지요. 하지만 여기 바닷가는 매리스빌보다 훨씬 아름다워요. 저 갈매기들도 정말 멋지죠? 아주머니는 갈매기가 되고 싶으세요? 전 되고 싶어요. 여자아이로 태어나지 않았다면 말이죠. 그런데 저 앞에 있는 큰 집은 뭐지요?"

"저것은 화이트 샌즈 호텔이란다. 커크 씨가 운영하는데, 아직 제철이 아니야. 여름에 미국인들이 많이 찾아오지. 이 바닷가가 마음에 드나 봐."

"저는 저것이 스펜서 아주머니 댁이 아닌가 했어요."

앤이 얼굴빛을 흐리며 말했다.

"그곳에 가고 싶지 않아요. 그 순간 모든 것이 끝날 것만
같거든요."

마릴라의 결심

두 사람은 마침내 목적지에 도착했다. 스펜서 부인은 화이트 샌즈 만에 있는 커다란 노란색 집에서 살고 있었다. 인정 많아 보이는 스펜서 부인은 놀라움과 반가움이 뒤섞인 얼굴로 현관으로 나오며 외쳤다.

"어머, 세상에. 오늘 오실 줄 몰랐어요. 잘 지냈니, 앤?"

"덕분에 잘 지냈어요. 고맙습니다."

앤이 웃음기 없이 대답했다.

"말이 쉬는 동안만 잠깐 실례하겠어요. 매튜 오라버니에게 일찍 돌아간다고 했거든요. 사실은 스펜서 부인, 뭔가 착오가 있는 것 같아서 그걸 알아보려고 왔어요. 오라버니와 저는 사내아이를 보내 달라고 했거든요. 동생 분인 로버트 씨에게 열 살이나 열한 살쯤 되는 사내아이를 원한다고 말씀드렸답니다."

스펜서 부인이 난처한 얼굴로 말했다.

"마릴라 커스버트, 무슨 말씀이세요? 로버트가 딸 낸시를 시켜 두 분이 여자아이를 필요로 한다는 말을 전해왔는 걸요. 그렇지, 플로라 제인?"

스펜서 부인이 계단에 나와 있던 딸에게 동의를 구했다. 딸은 열심히 설명하려고 애썼다.

스펜서 부인이 말했다.

"이런 일이 생겨 정말 유감이에요. 나는 모든 것을 지시대로 따랐을 뿐인데, 낸시는 정말 덜렁대는 애지 뭐예요. 늘 그렇다고 야단을 치고 있는데도……."

"우리가 잘못했어요. 중대한 일이니 말로 전하지 말고 제가 직접 찾아왔어야 했어요. 어쨌든 일이 벌어졌으니 이제 바로잡아야겠지요. 저 아이를 고아원으로 돌려보낼 수 있을까요? 그리고 거기서 과연 다시 받아줄지요?"

스펜서 부인이 생각에 잠긴 얼굴로 말했다.

"받기야 받을 테지만 굳이 돌려보낼 필요는 없겠네요. 어제 피터 블루엣 부인이 오셔서 집안일을 도와줄 여자아이가 꼭 필요하다고 했거든요. 아시다시피 그 댁엔 식구가 워낙 많아서 일할 사람 구하기가 힘들지요. 앤이 그 집에 딱 맞겠네요. 하느님의 뜻인가 봐요."

하지만 마릴라의 눈에는 하느님의 뜻과는 아무런 상관이 없어 보였다. 귀찮은 고아를 떼어낼 기회가 뜻밖에 찾아왔는데도 마릴라는 전혀 반가운 마음이 들지 않았다.

블루엣 부인이라면 키가 작고 뼈만 남은 듯한 앙상한 몸에 잔소리가 심해 보이는 인상의 여자라는 것밖에 몰랐다. 하지만 '지독한 일벌레에다 사람을 모질게 부려먹는 사람'이라는 소문은 익히 들어 알고 있었다. 그 집에서 일했던 하녀들은 블루엣 부인이 걸핏하면 화를 내고 인색한 데다 아이들은 버릇이 없고 허구한 날 싸움질이라며 치를 떨었다. 마릴라는 앤을 그 무자비한 여자에게 넘겨줄 생각을 하니 양심의 가책을 느꼈다.

"저, 좀 있다가 상의드리지요."라고 마릴라는 말했다.

"어머, 때마침 블루엣 부인이 저기 오는군요."

스펜서 부인은 부산을 떨며 손님들을 응접실로 맞아들였다. 굳게 쳐진 초록 블라인드가 오랫동안 실내 공기를 가둬 놓은 탓에 따뜻한 온기를 잃어버린 듯 오싹한 냉기가 끼쳐 왔다. 스펜서 부인은 두 사람을 소개한 후에 곧 잘라서 말했다.

"이렇게 잘된 일이 어디 있어요? 착오가 있었지 뭐예요. 블루엣 부인, 나는 커스버트 씨 집에서 여자아이를 원하는 줄 알았는데 남자아이였어요. 그러니 만일 당신이 어제와 생각이 같다면 이 아이를 바로 데려가시는 게 어때요."

블루엣 부인은 앤을 머리에서 발끝까지 샅샅이 훑어보더니 다그치듯 물었다.

"몇 살이고 이름은 뭐지?"

잔뜩 주눅이 든 아이는 이름 철자에 주의해 달라는 소리 따위는 꺼낼 엄두조차 내지 못한 채 머뭇거리며 대답했다.

"앤 셜리고요. 열한 살이에요."

"흐음, 제대로 못 먹고 자랐나 보구먼. 그래도 강단은 있어 보이는구나. 그래, 내가 널 데리고 가면 착하게 굴어야 한다. 알겠니? 밥값을 제대로 하지 않으면 안 돼. 좋아요. 제가 데려가도록 하죠, 미스 커스버트. 갓난쟁이가 어찌나 보채는지, 그 애 보느라고 진이 다 빠졌어요. 괜찮으시다면 지금 당장 데려가고 싶은데요."

마릴라는 비참한 표정으로 말없이 앉아 있는 아이의 창백한 얼굴을 보자 마음이 흔들렸다. 가까스로 풀려난 덫에 또다시 붙잡히고 만 힘없는 작은 동물 같은 모습이었다. 마릴라는 이 무언의 호소를 묵살한다면 남은 평생 저 아이의 얼굴이 따라다닐 거라는 불쾌한 확신이 들었다. 게다가 마릴라는 블루엣 부인이 마음에 들지 않았다. 감상적이고 예민한 아이를 저런 여자에게 넘겨주다니! 안 될 말이었다. 절대로 그런 짓은 할 수가 없었다.

마릴라는 천천히 말했다.

"글쎄요 잘 모르겠네요. 오라버니와 제가 이 애를 맡지 않겠다는 이야기는 아니고, 사실 오라버니는 이 애를 집에 두고 싶어 해요. 나는 이런 착오가 어떻게 해서 생겼는지 듣고 싶어서 온 것뿐이에요. 아무래도 이 아이를 다시 집에 데리고 가서 오라버니와 얘기해봐야겠어요. 그리고 이 애를 우리 집에 두지 않을 경우에는 내일 밤까지 아이를 댁으로 데려가든지, 아이만 보내든지 하겠어요. 만약 소식이 없으면 우리 집에서 지내는 걸로 아세요. 그래도 되겠죠, 블루엣 부인?"

블루엣 부인이 못마땅한 듯 대꾸했다.

"하는 수 없지요."

마릴라가 얘기하는 동안 앤의 얼굴은 떠오르는 해처럼 환해지기 시작했다. 절망의 그림자가 사라지고 희망의 빛이 희미하게 떠올랐으며, 두 눈은 샛별처럼 깊고 초롱초롱하게 빛났다. 잠시 후, 블루엣 부인이 원래 빌리러 왔던 요리책을 찾으러 스펜서 부인과 함께 나가자 앤이 벌떡 일어나 마릴라에게로 뛰어갔다.

"아아! 커스버트 아주머니, 제가 초록 지붕 집에서 살게 될지도 모른다는 게 정말이세요? 정말 그렇게 말씀하신 거예요? 아니면 제 상상일 뿐인가요?"

마릴라가 뿌루퉁하게 말했다.

"현실과 상상도 구분하지 못할 정도라면 너의 그 상상력이라는 것도 그만두는 게 좋겠구나. 그래, 네가 들은 그대로다. 하지만 아직 결정된 건 아니니 어쩌면 블루엣 부인에게 보낼지도 모르겠다. 확실히 나보다는 네가 더 필요한 사람 같으니까."

앤이 흥분하며 말했다.

"그런 분한테 갈 바에야 고아원으로 되돌아가는 편이 나아요. 그분은 꼭 송곳 같은 사람이에요."

마릴라는 피식 터져 나오려는 웃음을 참으며 앤을 나무라야 한다는 생각으로 짐짓 엄하게 말했다.

"너같이 작은 애가 어른을, 더욱이 알지도 못하는 어른을 그렇게 말하는 것은 버릇없는 짓이야. 저기로 가서 조용히 앉아 있어라. 입 꼭 다물고."

앤은 고분고분 의자로 돌아가며 말했다.

"만약에 저를 있게만 해주신다면 아주머니가 하라시는 대로 무엇이든지 하겠어요."

저녁에 둘이 초록 지붕 집으로 돌아올 때 매튜는 오솔길까지 마중을 나왔다. 그가 어슬렁거리는 모습을 먼 곳에서 발견한 마릴라는 그의 그런 행동에 납득이 갔다. 아무튼 앤을 다시 데리고 온 것을 보면 매튜가 안심할 것임을 마릴라는 알고 있었다. 그러나 잠자코 있다가 매튜와 우유를 짜러

갈 때 비로소 앤의 신상 얘기와 스펜서 부인을 만난 결과를
대강 들려주었다.

매튜가 여느 때와 같이 힘 있는 소리로 말했다.

"블루엣 부인한테는 내가 좋아하는 개도 주지 않을 거야."

"저도 그 여자가 마음에 들지 않아요. 하지만 그 집에 보
내든지, 우리가 키우든지 결정을 해야 해요. 어쨌거나 오라
버니도 그 아이를 원하는 눈치고, 저도 그랬으면 싶네요. 곰
곰이 생각해보니 마음이 절로 그렇게 되어 버렸어요. 어떤
의무감마저 들 정도니까요. 하지만 전 지금까지 한 번도 아
이를 키워본 적이 없잖아요. 특히나 여자아이는요. 어쩌면
엉망진창이 될지도 몰라요. 하지만 최선을 다해보겠어요."

숫기 없는 매튜의 얼굴이 기쁨으로 환하게 빛났다.

"그래, 그럴 줄 알았다. 마릴라, 그 애는 정말 재미있는
아이란다."

마릴라가 쏘아붙였다.

"그 애가 쓸모 있는 아이라고 말해주면 더 좋겠군요. 하
지만 그 애를 그렇게 만드는 일은 제가 하겠어요. 그러니
오라버니는 제 방식에 참견하지 마세요. 노처녀가 아이 키

우는 법을 잘 알 리 없겠지만 그래도 노총각보다는 낫지 않겠어요? 저 혼자 힘으로 안 되면 그때 오라버니가 나서도 늦지 않을 거예요."

마릴라는 매튜가 여자들 일에 이러쿵저러쿵하는 게 우습다는 듯 콧방귀를 뀌고는 우유가 든 통을 들고 자리를 떴다. 마릴라는 크림 분리기에 우유를 부으며 곰곰이 생각했다.

'오늘 밤에 그 애한테 여기서 살아도 된다는 얘기를 하지 말아야겠어. 너무 흥분해서 한숨도 못 잘 테니까 말이야. 마릴라 커스버트, 넌 이제 꼼짝없이 코가 꿰고 만 거야. 부모 없는 여자아이를 입양하리라고 한 번이라도 생각해본 적이 있었니? 정말 놀랄 일이지. 하지만 그보다 더 놀라운 건 여자아이라면 몸서리를 치던 매튜 오라버니가 저 아이를 키우겠다고 먼저 발 벗고 나섰다는 거야. 어쨌든 이미 결정을 했으니 앞으로의 일은 두고 보는 수밖에.'

앤이 기도하다

그날 밤, 마릴라는 앤을 침대로 데리고 가서 딱딱하게 말했다.

"앤, 지난밤엔 옷을 벗어 마루 위에 아무렇게나 던져 놓았더구나. 난 그런 지저분한 습관은 봐줄 수가 없어. 옷을 벗으면 곧바로 단정하게 접어서 의자 위에 올려두어라. 깔끔하지 않은 여자아이는 아무 짝에도 쓸모가 없으니까."

"어젯밤에는 너무 괴로워서 옷에 신경 쓸 겨를이 없었어요. 고아원에서도 늘 그렇게 하라고 배웠거든요. 잊은 적도 많기는 하지만요. 빨리 침대에 들어가 조용히 멋진 상상을 하고 싶었거든요."

마릴라가 부드럽게 타일렀다.

"이 집에서 살게 된다면 더 잘 기억해야 될 게다. 그래, 잘 갰구나. 이제 기도를 하고 잠자리에 들어라."

그러자 앤이 말했다.

"전 기도를 해본 적이 없는걸요."

마릴라는 소스라치게 놀랐다.

"아니, 앤! 그게 무슨 말이냐? 기도하는 법을 배운 적이 없다는 거니? 하느님은 늘 여자아이들의 기도를 듣고 싶어 하신단다. 하느님이 누군지는 아니?"

앤이 곧바로 조잘거렸다.

"하느님은 영혼이요, 무한하고 영원하고 한결같으며 그 안에 힘과 거룩함과 정의와 선과 진리가 있도다."

마릴라의 얼굴에 안도의 빛이 어렸다.

"그나마 알고는 있어 다행이구나. 이교도는 아닌 것 같으니 말이다. 그건 어디서 배웠니?"

"고아원 주일학교에서요. 교리문답을 모두 외워야 했거든요. 전 그 시간을 아주 좋아했어요. 멋진 말들이 나오곤 했거든요. '무한하고 영원하고 한결같으며' 정말 훌륭하지 않아요? 마치 커다란 오르간 연주 소리 같아요. 시라고 할 수는 없지만 꼭 시처럼 들리잖아요. 그렇죠?"

"우린 시 얘기를 하는 게 아니야, 앤. 기도에 대해서 말하는 중이라고. 매일 밤마다 기도를 하지 않는 게 얼마나 나쁜 일인지 모르겠니? 네가 정말 나쁜 아이인지 아닌지 걱정이구나."

앤이 원망 섞인 목소리로 말했다.

"아주머니도 빨간 머리였다면 착한 아이보다 나쁜 아이가 되기 쉽다는 걸 아셨을 텐데요. 빨간 머리가 아닌 사람은 그게 얼마나 큰 괴로움인지 몰라요. 토마스 아주머니는 하느님이 일부러 제 머리를 새빨갛게 만드셨대요. 그 이후로 저는 하느님을 좋아한 적이 없어요. 밤마다 너무 피곤해서 기도할 정신이 없기도 했지만요. 쌍둥이를 돌봐야 하는 사람에게 기도까지 하라는 건 무리예요. 아주머니, 솔직히 그게 가능하다고 보세요?"

마릴라는 앤에게 당장 종교 교육부터 시켜야겠다고 마음먹었다. 망설이고 자시고 할 시간이 없었다.

"이 집에 있는 한 너는 반드시 기도를 해야 한다."

085

앤은 선선히 대답했다.

"네, 물론이죠. 아주머니의 말씀이라면 뭐든지 따르겠어요. 하지만 어떻게 하는지 한 번은 가르쳐주셔야 해요. 밤마다 잠자리에 누워서 멋진 기도 말을 상상할래요. 생각해보니 정말 재미있을 것 같아요."

마릴라가 당혹스러운 얼굴로 말했다.

"먼저 무릎을 꿇어라."

앤이 마릴라의 무릎께에 꿇어앉아 진지한 얼굴로 올려다보았다.

"왜 기도할 땐 무릎을 꿇어야 하나요? 전 정말로 기도를 올리고 싶은 마음이 들면 이렇게 해요. 혼자서 넓은 들판이나 아주 깊은 숲속에 들어간 다음 끝없이 펼쳐진 아름다운 푸른 하늘을 높이 올려다보는 거죠. 그러면 꼭 기도하는 느낌이 들어요. 자, 저는 준비됐어요. 이제 뭐라고 하면 되죠?"

마릴라는 더욱 난처한 기분이 들었다. 사실 마릴라는 '하느님, 이제 잠자리에 들겠습니다.'와 같이 아이들이 주로 하는 기도를 가르칠 작정이었다. 하지만 앞서 얘기했듯이 마릴라는 유머감각이 있는 사람이었고, 그것은 곧 상황에 맞게 대처하는 재치가 있다는 뜻이기도 했다. 그래서 마릴라는 하얀 잠옷을 입고 엄마 무릎에 앉아 혀 짧은 소리로 하는 그런 단순한 어린이용 기도는 인간의 사랑을 받지 못한 탓에 하느님의 뜻도 모르고 관심조차 없는 이 맹랑한 주근깨투성이 소녀에게는 전혀 어울리지 않는다는 생각이 들었다. 마침내 마릴라는 이렇게 말했다.

"넌 더 이상 어린애가 아니니 스스로 해보려무나. 앤, 신의 은총에 감사드리고 네가 원하는 바를 겸손하게 말씀드리면 된다."

앤이 마릴라의 무릎에 얼굴을 묻으며 약속했다.

"네, 열심히 해볼게요. 은혜로우신 하느님 아버지…… 교회에서 목사님이 이렇게 말씀하시던데, 혼자 기도할 때도 괜찮겠죠. 그렇죠?"

앤이 잠시 머리를 숙여 물은 다음 다시 고개를 숙였다.

"은혜로운 하느님 아버지, 기쁨의 하얀 길과 반짝이는 호수, 바다와 눈의 여왕을 보게 해주셔서 고맙습니다. 정말 얼마나 감사한지 모릅니다. 지금으로선 감사드릴 것이 그것밖에 생각나지 않습니다. 제가 바라는 것에 대해 말씀드리자면, 하도 많아서 시간이 너무 걸리니 가장 중요한 두 가지만 말씀드리겠습니다. 제발 제가 초록 지붕 집에 살게 해주시고, 어른이 되면 예쁘게 해주십시오. 이상입니다. 존경하는 앤 셜리 올림."

앤이 일어서면서 진지한 눈빛으로 물었다.

"어때요, 이만하면 잘했나요? 생각할 시간이 좀 더 있었으면 훨씬 더 멋있게 할 수 있었는데."

앤의 엉뚱한 기도에 마릴라는 아연했지만, 이 모두가 예의가 없어서라기보다는 그저 기독교에 대해 모르기 때문이라는 생각이 들어 완전히 실망하지는 않았다. 마릴라는 앤을 침대에 눕히며 내일부터 곧바로 기도를 가르쳐야겠다고 속으로 다짐했다. 그런 다음 촛불을 들고 방을 나서려는데 앤이 마릴라를 불렀다.

"방금 생각났는데요. 존경하는 앤 셜리 올림 대신 아멘이라고 해야 하는 거지요? 목사님이 하시듯 말예요? 어떻든 기도를 끝내야 한다는 생각에 깜박 잊고 다른 말을 했어요. 그래도 기도를 들어주실까요?"

"뭐, 아마 상관없을 게다. 이제 착한 아이답게 자야지. 잘

자거라."

앤이 베개를 꼭 껴안으며 말했다.

"저도 오늘 밤엔 마음 놓고 편히 주무시라는 인사를 할
수 있겠어요."

부엌으로 돌아온 마릴라는 식탁 위에 초를 단단히 세워
놓은 뒤 매튜를 똑바로 쳐다보았다.

"매튜 오라버니, 저 아이는 정말이지 누군가 입양해서
가르치지 않으면 안 될 아이예요. 이교도나 마찬가지라니
까요 오늘밤에 기도를 처음 했다는 게 믿어지세요? 내일
은 목사관에 가서 『새벽』 독본을 빌려 와야겠어요. 꼭 그래
야 해요. 그리고 저 애가 입을 만한 옷을 만드는 대로 주일
학교에도 보내야겠어요. 눈코 뜰 새 없이 바빠지겠군요. 뭐,
어쨌거나 세상에 태어난 이상 제 몫의 어려움을 감당하지
않고 살 수는 없는 일이니까요. 지금까지는 그래도 꽤 편하
게 살아왔는데 저한테도 마침내 올 것이 왔나 봐요. 한번
열심히 부딪쳐 봐야지요."

레이첼 린드 부인
심한 충격을 받다

마릴라는 앤을 초록 지붕 집에 두기로 한 것을 다음 날 오후까지 앤에게 이야기하지 않았다. 오전 중에는 줄곧 앤에게 바쁘게 일을 시키고 일하는 것을 지켜보았다. 점심이 다가오자 앤이 부지런하며 얌전하게 일하고 얘기를 곧잘 알아듣는 것을 알게 되었다. 심각한 단점이라면, 툭하면 공상에 빠져 하던 일을 잊고 있다가 꾸지람을 듣거나 큰일을 벌이고 나서야 반짝 정신을 차린다는 것이었다.

　설거지가 끝난 후 앤은 어떤 나쁜 소식도 들을 각오가 되어 있다는 표정으로 마릴라 앞에 섰다. 작고 야윈 몸은 머리에서 발끝까지 떨고 있었고, 붉게 상기된 얼굴에 튀어

나올 듯 두 눈을 크게 뜨고는 두 손을 꼭 모아 쥐고 애원하
듯 말했다.

"아, 커스버트 아주머니. 저를 보낼 것인지 말 것인지 제
발 말씀해주세요. 오전 중 줄곧 참아왔지만 이제는 더 이상
참을 수가 없어요. 제발 알려주세요."

"넌 내가 시킨 대로 걸레를 뜨거운 물에 소독하지 않았
구나. 알고 싶으면 먼저 네 할 일이나 끝내야지."

마릴라는 냉정하게 대꾸했다.

앤은 걸레를 치운 후에 마릴라 곁으로 되돌아와서 호소
하듯 마릴라를 뚫어지게 보았다. 이 이상 더 시간을 끌어볼
구실을 발견하지 못했으므로 마릴라는 말했다.

"그러면 얘기해줄까? 우리는 너를 두기로 결정했다. 네
가 착한 아이가 되도록 노력하고 감사하는 마음을 가진다
면 말이다. 아니, 애야, 왜 그러니?"

앤이 어쩔 줄 몰라 하며 말했다.

"저 울고 있어요. 어째서 눈물이 나오는지 몰라요. 좋아
서 죽겠는데 눈물이 나와요. 아, 기쁘다는 말로는 부족한
것 같아요. 너무나 행복하니까요. 저 꼭 좋은 애가 되겠어

요. 힘들기는 하겠지만요. 토마스 아주머니가 저더러 지독하게 못된 아이라고 자주 말씀하셨어요. 하지만 정말 최선을 다하겠어요. 그런데 왜 자꾸 눈물이 나올까요?"

마릴라가 못마땅한 투로 말했다.

"너무 흥분한 탓이야. 그 의자에 앉아서 마음을 가라앉혀라. 너는 웃는 것도 우는 것도 너무 헤프구나. 그래! 앞으로 너는 여기서 살 테고 우린 널 잘 돌보아줄 거야 학교에도 보내줄 거란다. 2주 후면 방학이니 기다렸다가 9월이 되면 다니려무나."

"아주머니는 뭐라고 부르죠? 전처럼 커스버트 아주머니라고 불러야 하나요? 아니면 마릴라 이모님이라고 할까요?"

"아니다. 그냥 마릴라 아주머니라고 부르렴. 커스버트 아주머니는 익숙하지 않아 불편하단다."

마릴라는 비꼬는 어조였다.

앤이 불쑥 말했다.

"마릴라 아주머니, 에이번리에서 제가 마음의 친구를 만날 수 있을까요?"

"뭐, 무슨 친구라고?"

"마음의 친구라고 했어요. 친한 친구 말이에요. 깊은 속을 다 보여줄 수 있는, 마음이 꼭 들어맞는 친구요. 전 평생 그런 친구를 꿈꿔 왔어요. 정말로 생길 거라고 생각한 적은 없지만 제 소중한 꿈들이 한꺼번에 이루어졌으니 어쩌면 이 소원도 이루어질지 몰라요. 정말 그렇게 될까요?"

"언덕 과수원집에 다이애나 배리가 사는데, 네 또래일 거다. 아주 착한 아이지. 그 애가 집에 돌아오면 친구로 지내면 되겠구나. 지금은 카모디에 있는 이모 집에 가 있단다. 하지만 조신하게 행동해야 한다. 배리 부인은 무척 까다로운 사람이거든. 착한 아이가 아니면 다이애나와 어울리지 못하게 할 거야."

앤은 호기심으로 눈을 반짝이며 마릴라를 쳐다보았다.

"다이애나는 어떻게 생겼어요? 설마 빨간 머리는 아니겠지요. 그렇지요? 아, 아니었으면 좋겠어요. 제가 빨간 머리인 것도 괴로운데 마음의 친구까지 그렇다면 전 정말 못 견딜 거예요."

"다이애나는 아주 예쁜 아이란다. 눈과 머리카락은 새까맣고 볼은 장밋빛이지. 착하고 단정하기까지 하고 말이야.

그게 예쁜 것보다 더 좋은 점이란다."

마릴라는 『이상한 나라의 앨리스』에 나오는 공작부인처럼 교훈을 좋아했고, 아이를 키울 때는 무슨 말에나 교훈을 덧붙여야 한다고 굳게 믿고 있었다. 하지만 앤은 엉뚱하게도 교훈에는 관심이 없었고 친구가 생길지도 모른다는 기쁨에만 사로잡혀 있었다.

이렇게 앤이 초록 지붕 집 사람이 되고 약 2주일이 지난 어느 날, 린드 부인이 앤을 보러 왔다. 벌써 오래전에 올 계획이었으나 악성 감기에 걸려 집에 틀어박혀 있었기 때문이다. 때마침 앤은 저녁 바람이 상쾌하게 부는 과수원을 산책하는 중이었다.

앤은 골짜기 아래에 있는 샘과도 친구가 되었다. 아주 깊고 깨끗하고 얼음처럼 차가운 샘이었다. 매끈한 붉은 사암과 함께 커다란 손바닥 모양의 물고사리들이 샘 주변을 둘러 자랐고, 그 너머 시내 위에는 긴 다리가 놓여 있었다.

날 듯한 앤의 발걸음은 다리를 건너 나무들이 우거진 언덕으로 이어졌다. 전나무와 가문비나무가 쭉쭉 무성하게 자라 언제나 어둑어둑한 곳이었다. 6월이면 피는 아기자기한 종 모양의 꽃들이 숲 여기저기서 수줍고 사랑스러운 모습을 드러냈고, 지난해에 핀 꽃들의 영혼처럼 창백하고 아련한 별 모양의 꽃들이 드문드문 눈에 띄었다. 나무들 사이에 걸린 거미줄이 은빛 실처럼 반짝거렸고, 전나무 가지와 잎들은 서로 다정히 이야기라도 나누는 듯 살랑거렸다.

앤은 마릴라가 이따금 나가 놀라고 허락해 준 30분을 이용해 이 황홀한 탐험을 모두 할 수 있었다. 그리고 자기가 발견해낸 것들을 매튜와 마릴라에게 귀가 따갑도록 조잘거리곤 했다. 매튜가 성가셔하지 않는 건 분명했다. 매튜는 얼굴 가득히 즐거운 미소를 담은 채 말없이 귀를 기울이곤 했다. 마릴라는 이 수다쟁이가 늘어놓는 이야기에 어느새 빠져들고 있다는 사실을 깨닫고 나서야 황급히 입을 다물라며 퉁명스럽게 다그치고는 했다.

린드 부인이 초록 지붕 집을 찾았을 때, 앤은 과수원에 나가 붉게 타는 저녁 햇살 아래 싱그럽게 한들거리는 풀밭을 이리저리 거닐며 마음껏 돌아다니고 있었다. 덕분에 그 선량한 부인은 자신이 아팠던 이야기를 빠짐없이 늘어놓을 기회가 생긴 셈이었다. 이윽고 이야기 밑천이 다 떨어지자 린드 부인이 찾아온 이유를 말했다.

"당신과 매튜에 대한 놀라운 이야기를 들었어요."

그때 즐거운 과수원 나들이를 마친 앤이 생기 있는 얼굴로 집으로 뛰어 들어왔다. 그러나 뜻밖의 낯선 손님을 보고 우뚝 멈추어 섰다. 고아원에서 입었던, 꼭 달라붙는 깡총한 원피스 아래 깡마른 다리가 볼썽사납게 드러난 것이 여간 우스운 모습이 아니었다. 주근깨도 오늘따라 유난히 더 많고 도드라져 보였다. 모자를 쓰지 않아 헝클어진 머리칼은 그야말로 엉망이었고 그 어느 때보다 빨갛게 보였다.

"이런, 확실히 얼굴을 보고 선택한 것은 아니로군요."

린드 부인이 단호하게 말했다. 린드 부인은 아무런 거리 낌도 없이 속내를 말하는 데 자부심을 느끼며, 그럼으로써 사람들에게 즐거움을 주고 인기를 얻는 그런 사람이었다.

"이 애는 너무 바짝 마르고 보기 싫은데요, 마릴라. 자, 가까이 와서 나에게 얼굴을 좀 보여다오. 저런, 이렇게 주근 깨가 많을 수 있을까? 게다가 머리는 붉기가 꼭 둥근 당근 같구나."

앤은 다가서기는 했으나 린드 부인이 기대했던 것과 같

은 그런 동작이 아니었다. 한 걸음에 린드 부인에게서 물러나 얼굴을 분노의 빛으로 붉히고 입술을 떨고 있었다. 그녀는 발로 마루를 쾅쾅 구르며 목 메인 소리로 울부짖었다.

"아주머니 같은 사람은 싫어요. 싫어. 싫어. 정말 싫어!"

싫다고 소리칠 때마다 발을 구르는 소리도 점점 더 커졌다.

"어떻게 저에게 깡마르고 못생겼다고 말할 수 있어요? 어떻게 제가 주근깨투성이에 머리가 빨갛다고 말할 수 있는 거죠? 아주머니는 뻔뻔하고 예의 없는 사람이에요."

"앤!"

마릴라가 깜짝 놀라 외쳤다.

하지만 앤은 조금도 굴하지 않고 머리를 꼿꼿이 치켜들고 번뜩이는 눈으로 주먹을 불끈 쥔 채 증기를 뿜듯 식식거리며 린드 부인에게 계속 대들었다.

"어떻게 제게 그런 말을 할 수 있어요?"

앤이 격한 목소리로 반복해서 말했다.

"만일 아주머니께서 남으로부터 이런 말을 듣는다면 어떤 기분이 드시겠어요? 뚱뚱하고 맵시도 없고, 아마 상상력은 한 치도 없어 보인다고 말하면 기분이 어떻겠느냐고요? 그렇게 해서 아주머니의 기분이 상했다고 해도 전 상관없어요! 아주머니가 기분이 상했으면 좋겠어요. 아주머니는 주정뱅이 토마스 아저씨보다 제 마음을 더 아프게 했어요. 아주머니를 절대로 용서하지 않겠어요. 절대로, 절대로!"

린드 부인이 잔뜩 질린 얼굴로 소리쳤다.

"저렇게 고약한 성미를 봤나!"

"앤! 네 방으로 들어가 있어라!"

겨우 말을 해도 좋을 때가 되자 마릴라는 명령했다.

앤은 엉엉 울며 복도를 지나 회오리바람처럼 동쪽 방으로 올라갔다.

"아이고! 저런 애를 맡다니. 정말 이해할 수가 없군요."

린드 부인이 한껏 점잔을 빼며 말했다.

마릴라는 어떻게 사과해야 좋을지 몰랐다. 말하려고 입을 열었으나 실제로 나온 말은 마릴라 자신이 후에 생각해 보아도 정이 떨어지는 말이었다.

"생긴 걸 갖고 그렇게 비웃으면 안 돼요, 레이첼."

린드 부인이 화를 내며 따졌다.

"마릴라 커스버트, 방금 눈앞에서 저 애의 고약한 짓거리를 보고서도 저 아이 편을 드는 건 아니겠죠?"

마릴라가 천천히 말문을 열었다.

"아녜요. 그 애를 두둔하고 싶은 생각은 없어요. 그 애는 몹시 버릇없이 행동했고, 그건 내가 따끔하게 야단치겠어요. 하지만 우리는 저 아이에게 너그러워져야 돼요. 한 번도 제대로 된 교육을 받아본 적이 없는 아이니까요. 그리고 당신도 그 아이에게 너무 심했어요, 레이첼."

마릴라는 그런 말을 하는 자신에게 다시 한번 놀라면서도 마지막 말을 덧붙이지 않을 수 없었다. 린드 부인은 자존심이 상한 듯 자리에서 일어났다.

"좋아요. 이제부터는 나도 조심을 하지요, 마릴라. 어디서 왔는지도 모르는 고아의 기분을 먼저 생각해야 하니까요. 나는 화가 나지 않았어요. 당신이 너무 안돼서 화도 못 내겠네요. 아무튼 저 아이 때문에 고생깨나 하겠어요. 그럼 잘 주무세요. 보통 때처럼 우리 집에도 가끔 들러주고요. 하지만 이런 식으로 비난하고 모욕을 준다면 다시 여기에 오기는 힘들겠네요. 정말이지 이런 일은 난생처음이에요."

이렇게 말을 마치고 린드 부인은 돌아갔다. 마릴라는 곧장 2층 동쪽 방으로 올라갔다. 앤은 침대에 엎드려 심하게 울고 있었다. 마릴라는 앤을 불러 일으켜 타이르기 시작했다.

"어떻게 너는 그렇게 신경질을 부리고, 어른에게 그런 고약한 말씨를 사용할 수 있니? 나는 너 때문에 얼마나 부끄러웠는지 모른다. 린드 부인에게는 얌전하게 굴어주었으면 좋았을 텐데……. 오히려 날 이렇게 망신시키다니. 린드 부인이 빨간 머리에 못생겼다고 말한 게 그렇게 화를 낼 일이었니? 나로서는 도저히 이해가 안 되는구나. 네 스스로도 그렇게 말하곤 했잖니?"

앤이 울면서 말했다.

"하지만 스스로 말하는 것과 다른 사람이 하는 말을 듣는 것은 아주 달라요. 자기로서는 그렇게 알고 있어도 다른 사람은 그렇게 생각하지 말아주었으면 한단 말이에요. 제가 무서울 정도의 신경질을 부렸다고 생각하실지 모르지만 그래도 할 수 없는 일이에요. 그분이 그렇게 말했을 때 속에서 뭔가 치밀어 오르며 가슴이 막혀 버리고 말았어요. 화를 내지 않을 수 없었어요."

"아무튼 넌 오늘 좋은 구경거리가 된 거야. 린드 부인이 사방팔방 다니며 네 이야길 늘어놓을 테니 말이야. 그렇게 화를 낸 건 큰 잘못이었어, 앤."

"아주머니도 누군가 아주머니더러 빼빼 마르고 못생겼다고 말하면 기분이 어떨지 한번 생각해보세요."

앤이 눈물을 글썽이며 호소했다

문득 오래된 기억 하나가 마릴라의 머리에 떠올랐다. 아주 어렸을 때 친척 아주머니 한 분이 마릴라를 보고, '이렇게 까맣고 못생기다니 가엾기도 해.' 하고 말하는 소리를 들은 적이 있었다. 그때 입은 마음의 상처는 50년이 지나서야 겨우 아물었을 정도였다.

"물론 린드 부인이 그런 말을 한 것이 옳다고 생각하지는 않아."

마릴라의 목소리가 부드러워졌다.

"린드 부인도 지나치기는 했어. 하지만 그것이 네가 그렇게 행동해도 좋다는 구실이 되지는 않아. 그분은 처음 만난 사람인 데다 너보다 나이가 많고 우리 집에 손님이었잖니. 이 세 가지 이유만으로도 너는 그분에게 공손하게 대해야 했어. 그런데도 무례하고 건방진 짓을 했으니 말이다."

순간 마릴라는 그럴 듯한 벌이 생각났다.

"그러니 이제라도 그 아주머니에게 가서 대단히 잘못했다고 사과를 하고 오렴."

그러나 앤은 침통하고 단호한 목소리로 말했다.

"저는 절대로 그럴 수 없어요. 아주머니가 뱀과 두꺼비가 사는 어둡고 축축한 지하 감옥에 저를 집어넣어도 린드 아주머니에게 가서 용서를 빌 수는 없어요."

마릴라가 차갑게 말했다.

"우리는 어둡고 축축한 지하 감옥에 사람을 가두지 않는다. 에이번리에 그런 지하 감옥은 있지도 않고. 넌 린드 부인에게 꼭 사과를 해야 해. 네 스스로 그렇게 하겠다고 말할 때까지, 이 방에서 한 발짝도 나오지 마라."

마릴라는 나가려고 일어서며 말했다.

"넌 우리가 초록 지붕 집에 있게 해주면 아주 착한 아이가 되겠다고 약속했지만 오늘 저녁엔 그래 보이지도 않는구나."

마릴라는 분노로 달아오른 앤의 가슴에 날카로운 한 마

디를 던지고는 괴롭고 어지러운 마음으로 부엌으로 내려갔
다. 마릴라는 앤에게 화가 난 만큼 자신에게도 화가 났다.
그 이유는 린드 부인이 말도 제대로 못했던 조금 전의 모습
을 지금 다시 생각할 때 자기도 모르게 미소가 입가에 오르
고, 나쁘다고 생각되지만 자기도 모르게 웃고 싶어졌기 때
문이었다.

앤의 사과

마릴라는 그날 밤 매튜에게 아무 얘기도 하지 않았다. 그러나 다음 날 아침에는 앤이 시무룩하여 밥을 먹으러 내려오지도 않았으므로 매튜에게 그 이유를 설명하지 않으면 안 되었다. 마릴라는 앤이 한 행동의 나쁜 점을 특히 강조하면서 모든 것을 매튜에게 들려주었다.

"린드 부인이 혼쭐이 났으니 잘됐구먼. 그 여자는 참견만 해대는 수다쟁이 할망구라고."

매튜가 위안이랍시고 한마디했다.

"매튜 오라버니에겐 질렸어요. 앤이 나쁘다는 것을 알면서도 그 애 편만 들고 있으니까요. 다음엔 그 아이에게 벌을 줄 필요도 없다고 말씀하실 테지요?"

매튜가 겸연쩍은 듯 말했다.

"글쎄다. 아니, 꼭 그렇다는 것은 아니야. 나도 조금은 벌을 주어야 한다고 생각해. 하지만 너무 심하게 하지는 마, 마릴라. 그 애가 이제까지 누구한테도 제대로 배우지 못했다는 사실을 생각해봐. 그런데 뭐 먹을거리는 가져다줄 거지?"

마릴라가 화를 내며 쏘아붙였다.

"제가 사람을 배고프게 해놓고 예의범절을 가르칠 사람으로 보이세요? 식사는 꼬박꼬박 잘 챙겨서 갖다줄 거예요. 하지만 린드 부인에게 사과할 마음이 생길 때까지는 그대로 거기에 있게 해둘 작정이에요."

그날 저녁 마릴라가 소를 몰고 뒷목장에 나가는 것을 헛간에서 어슬렁거리며 지켜보고 있던 매튜는 도둑처럼 살금살금 집에 들어가 2층으로 올라가서 동쪽 방문을 두드리고 슬쩍 안을 들여다보았다.

앤은 창가 옆 노란 의자에 앉아 하염없이 정원을 바라보고 있었다. 그 자세가 너무나 작고 초라해 보였으므로 매튜의 가슴은 언짢아졌다. 매튜가 문을 살며시 닫은 뒤 발뒤꿈

치를 세우고 옆으로 다가갔다.

"좀 어떠니, 앤?"

"괜찮아요. 끊임없이 상상하고 있어요. 그러면 시간이 잘 가거든요. 물론 외롭기는 해요. 하지만 이것도 익숙해지겠지요."

앤은 자기 앞에 놓인 길고도 외로운 감금 생활을 꿋꿋이 헤쳐 나가겠다는 듯 다시 미소를 지어 보였다. 매튜는 용건을 서둘러 말하지 않으면 안 된다고 생각했다. 마릴라가 뜻밖에 빨리 돌아올지 모르기 때문이었다.

"어떠냐? 앤, 그냥 시키는 대로 하고 끝내는 편이 좋지 않으냐? 어차피 해야 할 일이니까. 마릴라 아주머니는 얘기를 꺼내면 뒤로 물러서는 여자가 아니란 말이야. 고집이 여간 아니야. 그러니 앤, 얼른 하고 끝내버려."

"린드 아주머니에게 사과하란 말이에요?"

"바로 그거야. 그냥 부드럽게 잘 해결하자는 거야. 내가 하려던 말이 그거란다."

앤이 생각에 잠긴 채 말했다.

"저, 아저씨를 위해서라면 할 수 있다고 생각해요. 더욱 지금 와서는 잘못했다고 말해도 거짓말이 아니에요. 하지만 어젯밤에는 밤새도록 화가 났는걸요. 하지만 아침이 되자 모든 게 다 끝났어요. 더 이상 화도 나지 않고 완전히 지쳐버린 느낌이었죠. 부끄러운 생각이 들었어요. 하지만 린드 부인에게 가서 사과할 생각은 도저히 못하겠더라고요. 그러느니 차라리 이 방에 영원히 갇혀 지내겠다고 마음먹었죠. 하지만 아저씨를 위해서라면 뭐든지 하겠어요. 제가 그러길 정말 바라신다면 말이죠."

"그럼, 바라고말고. 그렇게 해주었으면 해. 앤이 아래로 내려오지 않으면 굉장히 쓸쓸하거든. 그저 린드 부인의 기분만 풀어주고 오면 그만이니까……. 너는 좋은 애가 아니냐."

앤은 체념한 듯이 보였다.

"좋아요. 마릴라 아주머니가 들어오시면 곧 제가 후회하고 있다고 말하겠어요."

"그렇지 그게 좋아, 앤. 하지만 아주머니에게 내가 그렇게 하라고 말했다고는 하지 마라. 내가 간섭했다고 생각할지도 모르니까."

매튜는 곧 사라졌다. 마릴라가 의심하지 못하도록 방목

장에서 가장 먼 구석으로 황급히 몸을 피했다.

집으로 돌아온 마릴라는 계단 난간에서 "마릴라 아주머니." 하는 애처러운 소리가 들리자 놀랍고도 반가운 생각이 들었다.

마릴라는 현관으로 들어서며 말했다.

"왜 그러니?"

"화내고 무례하게 굴어서 죄송해요. 린드 아주머니에게 가서 그렇게 말씀드리겠어요."

"그러려무나."

안도하는 기색도 없이 마릴라는 쌀쌀맞게 대꾸했다. 하지만 속으로는 앤이 끝까지 고집을 피우면 도대체 어떻게 해야 하나 고민하던 중이었다.

"우유를 짠 다음에 데려다주지."

우유를 짜고 난 뒤 두 사람은 오솔길을 내려갔다. 앞사람은 가슴을 펴고 의기양양하게 걸었지만, 뒷사람은 고개를 숙인 채 기운이 없었다. 하지만 중간쯤 가자 마법에라도 걸린 듯 앤의 얼굴에 생기가 돌았다. 고개를 똑바로 들고 저녁 하늘을 바라보며 가볍게 걷는 모습에서 은근한 흥분마

저 느껴질 정도였다. 마릴라가 못마땅한 표정으로 앤의 그런 변화를 지켜보았다. 그것은 분명히 잘못을 뉘우치고, 화가 난 린드 부인에게 용서를 구하러 가는 사람의 모습이 아니었다.

"앤, 무슨 생각을 하고 있는 거냐?"

마릴라가 날카롭게 묻자 앤이 꿈꾸는 듯한 얼굴로 대답했다.

"린드 아주머니에게 할 말을 생각하고 있어요."

만족스러운 대답이었다. 당연히 만족해야 할 대답이었다. 그러나 마릴라는 자기가 예정했던 벌주는 계획이 다소 틀어진 것 같은 느낌이 들었다. 그렇다면 저렇게 밝고 기쁨에 들뜬 표정을 지어서는 안 되는 거였다.

밝고 기쁨에 찬 앤의 모습은 부엌 창가에 앉아 뜨개질을 하고 있던 린드 부인 앞에 가서야 비로소 바뀌었다. 앤의 얼굴에서 기쁨의 빛이 순식간에 사라졌다. 애처로운 참회의 기운이 온몸에서 배어 나왔다. 앤은 아무런 말없이, 깜짝 놀란 린드 부인의 앞에 무릎을 꿇고 애원하듯 손을 내밀며 떨리는 목소리로 말했다.

"아, 린드 아주머니, 정말 너무 죄송합니다. 제 슬픔은 말로 다 표현하지 못할 정도예요. 아주머니에게는 더할 나위 없이 실례를 하였고, 초록 지붕 집에 계시는 두 분이 욕을 먹게 하였어요. 정말 배은망덕한 행동이지요. 저 같은 여자애는 진실한 사람에게서 벌을 받고 영원히 따돌림을 당하는 것이 마땅해요. 아주머니께서 말씀하신 것은 모두 사실이에요. 저의 머리는 붉고, 주근깨투성이고, 바짝 마르고 보기 싫어요. 제가 아주머니께 말씀드린 것도 틀린 얘기는 아니었습니다만, 그렇게 말해선 안 되는 거였어요. 아주머니, 제발 용서해주세요. 만일 용서해주시지 않는다면 평생 동안 슬퍼하며 살 거예요. 비록 제가 사나운 신경질쟁이라 할지라도 이 불쌍한 고아에게 평생의 슬픔을 지게 하는 일을 하지 않으실 테지요? 제발 저를 용서한다고 말씀해주세요, 린드 아주머니."

앤은 두 손을 마주 잡고 고개를 숙인 채 처분을 기다렸다. 앤의 말이 진정이라는 것은 확실하였고, 그것은 마릴라도 린드 부인도 인정했다. 그러나 마릴라는 앤이 실제로는 이런 굴욕적인 상황을 즐기고 있다는 사실을 눈치채고 깜짝 놀랐다. 앤은 그야말로 자신을 철저히 깎아내리는 재미에 푹 빠져 있었다. 마릴라가 뿌듯해하던 그 바람직한 벌은 대체 어디로 갔을까? 앤은 그것을 완전히 즐거운 일로 바꾸어버렸다.

하지만 마음 좋은 린드 부인은 통찰력이 그다지 뛰어나지 않아 이를 눈치채지 못했다. 부인은 오로지 앤이 진심으로 사과하고 있다는 느낌만을 받았고, 참견하기는 좋아해도 다정한 성격인지라 앤에 대한 노여움은 모두 풀었다.

린드 부인이 진심을 담아 말했다.

"자아, 그만 일어서라. 물론 용서하고말고. 내가 좀 심했던 모양이다. 그러나 나는 이렇게 단순한 사람이니까 염려할 필요가 없단다. 정말 네 머리가 붉다는 것은 틀림없는 일이야. 그러나 전에 내가 알고 지내던 여자애는 어렸을 때는 너처럼 빨간 머리였지만 커서는 색이 짙어지고 정말 훌륭한 금갈색으로 변한 것을 봤어. 네 머리가 그렇게 변하더라도 조금도 이상할 것이 없다고 생각한다."

"어머나, 아주머니!"

앤은 깊은 숨을 들이쉬고 일어섰다.

"아주머니는 정말 저에게 희망을 안겨주셨어요. 이제부터는 언제나 아주머니를 은인으로 생각할 거예요. 아, 커서는 아름다운 금갈색의 머리가 될지도 모른다는 생각만 하면 어떤 일이든지 참을 수 있겠어요. 머리가 아름다운 금갈색이 되면 좋은 애가 되기도 훨씬 쉽다고 생각해요. 그렇지요? 아주머니와 마릴라 아주머니가 얘기하시는 동안 저는 뜰에 나가 의자에 앉아 있어도 좋지요?"

"그럼, 좋고말고."

앤이 나간 뒤 문이 닫히자 린드 부인은 기세 좋게 일어서서 등불을 켰다.

"정말 저 애는 이상해요, 마릴라. 하지만 뭔가 마음을 당긴 구석이 있어요. 난 이제 당신과 매튜가 저 아이를 키운다는 사실이 더 이상 놀랍지도 않고, 딱하다는 생각도 들지 않아요. 저 아이는 멋지게 자랄 거예요. 물론 저 애의 말투가 누가 억지로 시킨 것처럼 모양새가 약간 이상하긴 하지만 이제 교양 있는 사람들 속에서 살게 됐으니 차차 나아지겠죠. 그리고 성미가 급해 보이는데, 원래 그런 아이들이 발끈했다가도 금방 식고는 해요. 오히려 교활하거나 남을 속

이지 않지요. 난 교활한 아이는 딱 질색이에요 난 저 아이
가 마음에 드는군요."

마릴라가 작별 인사를 하고 나왔을 때 앤은 과수원의 어
스름한 그늘 밑에서 나타났다.

"저 꽤 멋지게 사과했지요?"

오솔길을 걸을 때 앤은 자랑스럽게 말했다.

"어차피 사과할 바에는 철저하게 하는 것이 좋다고 생각
했어요."

"그래. 아주 철저하더구나."

그녀는 앤이 사과하던 모습을 떠올리며 자꾸만 웃음이
터져 나와 어찌할 바를 몰랐다. 그리고 그렇게 멋지게 사과
를 한 앤을 꾸짖어야 한다는 생각에 마음이 불편했다. 따지
고 보면 어이없는 일이지 않은가. 마릴라는 엄하게 한마디
하는 걸로 자신의 양심과 타협을 보았다.

"더 이상 이렇게 사과할 일이 없었으면 좋겠구나. 앞으로
는 감정을 잘 다스리도록 해라, 앤."

앤이 한숨을 내쉬며 말했다.

"사람들이 제 외모를 가지고 비웃지만 않으면 괜찮을 거

예요. 다른 일엔 화가 안 나는데 제 머리에 대해 이러쿵저러쿵 얘기하는 건 도저히 참을 수가 없어 화가 폭발해버려요. 어른이 되면 정말로 제 머리가 아름다운 금갈색으로 변할까요?"

"외모에 너무 신경을 쓰는 건 좋지 않아, 앤. 넌 허영심이 많은 아이 같구나."

"제 자신이 보기 흉하다고 생각하고 있는 주제에 어떻게 몸맵시만 생각하고 있다는 말이 통하겠어요?"라고 앤은 항의했다.

"저는 고운 것이 더 좋아요. 그래서 거울을 볼 때 곱지 못한 것이 나타나면 싫어요. 정말 슬퍼지거든요. 곱지 못한 것이 불쌍해요."

"행동이 바르면 용모도 아름다워 보이는 법이란다."

마릴라가 격언을 이용해서 말했다.

"전에도 그런 말을 들었지만 저는 이해가 안 가요."

앤은 회의적으로 대답했다.

잠시 후 집으로 들어가는 작은 길에 도달했을 때, 앤은 갑자기 마릴라의 옆에 바싹 달라붙으며 그녀의 거친 손바

닿에 제 손을 살며시 밀어 넣었다.

"저곳이 집이라는 걸 알고 돌아가는 건 멋진 일이에요. 전 벌써 초록 지붕 집이 좋아졌어요. 전에는 아무 데도 좋아하지 않았어요. 집같이 느껴지는 곳이 없었거든요. 아, 마릴라 아주머니, 저는 정말 행복해요. 지금 당장이라도 기도할 수 있어요. 어렵다는 생각도 전혀 들지 않아요."

가늘고 작은 손이 자신의 손에 닿자 마릴라는 따뜻하고 기분 좋은 감정이 가슴속에 고요히 일어났다. 아마 그것은 이제껏 느껴보지 못했던 모성애일지도 모른다. 이런 일은 처음이었다. 마음을 녹이는 듯한 그 감미로운 감정에 마릴라는 심란해졌다.

엄숙한 맹세

어느 날 마릴라가 린드 부인 집에서 돌아와 말했다.

"앤, 너한테 좋은 소식이 있어. 다이애나 배리가 오늘 오후에 돌아왔단다. 나는 배리 부인 댁에 스커트 본을 빌리러 갈 생각인데, 너도 내키면 같이 가서 다이애나와 가까이 지내는 게 어떠냐?"

앤은 초록 지붕 집에 왔을 때부터 다이애나와 친구가 되기를 원했지만, 다이애나가 이모 집에 가서 없었으므로 지금까지 그 기회가 없었다.

앤은 벌떡 일어섰다. 가장자리를 꿰매고 있던 행주가 바닥으로 떨어졌다.

"아, 아주머니 두려워요. 드디어 때가 왔군요. 그런데 만일 다이애나가 저를 두려워하면 어쩌지요? 저의 생애 최대의 비극적 실망이 될 거예요."

"자, 수선 피우지 말거라. 그리고 제발 장황하게 말하지 않으면 좋겠구나. 어린아이가 그러니 이상하게 들린다. 다이애나는 널 좋아할 거야. 네가 신경 써야 하는 사람은 그 아이의 엄마란다. 배리 부인이 널 마음에 들어 하지 않으면 다이애나가 아무리 널 좋아해도 소용없으니까. 린드 부인에게 대든 얘기며, 미나리아재비를 두른 모자를 쓰고 교회에 간 얘기를 듣는다면 배리 부인이 어떻게 생각할지 모르겠구나. 예의 바르고 착하게 굴어야 한다. 엉뚱한 소리를 해서 깜짝 놀라게 하지도 말고. 세상에나, 얘가 정말로 떨고 있네."

앤은 부들부들 떨고 있었다. 얼굴은 하얗게 질려 굳은 채였다. 앤이 급히 모자를 가지러 가며 말했다.

"저, 아주머니도 친구가 될 분을 만나러 갈 때, 그 아이의 어머니가 싫어할지도 모른다고 생각하면 가슴이 두근거릴 거라고 생각해요."

두 사람은 지름길을 걸어서 오차드 슬로오프(과수원 고개)에 도착했다.

마릴라가 부엌문을 두드리자 배리 부인이 나왔다. 키가 크고 눈도 머리도 검었으며 꼭 다문 입매가 인상적이었다. 배리 부인은 자식들에게 엄하기로 소문이 나 있었다.

"잘 왔어요. 어서 들어와요. 이 애가 당신들이 데리고 온 아이로군요?"

"그래요. 앤 셜리라고 불러요."

마릴라가 대답했다.

"앤이라는 철자는 끝에 'E'자가 붙어 있는 글자예요."

앤은 더듬더듬 덧붙여 말했다. 아무리 흥분되고 떨린다고 하더라도 이 중요한 점만은 오해가 없이 해두지 않으면 안 된다고 생각했다. 배리 부인은 들리지 않았는지 몰랐는지 그저 악수를 하고 상냥하게 말했다.

"잘 지내지?"

"마음은 조금 어지럽지만 건강해요. 고맙습니다. 아주머니."

그리고는 주위에 다 들릴 만한 목소리로 마릴라에게 속삭였다.

"저 별로 이상한 말은 안 했죠? 아주머니."

다이애나는 소파에 앉아 책을 읽고 있었으나 마릴라 일행이 들어오자 책을 놓았다. 그녀는 어머니로부터 검은 머리와 눈을 이어받았으며 뺨은 장밋빛이고 명랑한 얼굴은 아버지를 그대로 빼어 박았다.

"얘가 우리 다이애나예요."

배리 부인이 딸을 소개했다.

"다이애나! 앤을 마당으로 데리고 나가서 꽃을 보여 주렴. 눈 나빠지게 책만 읽는 것보다 너한테 좋을 거다."

아이들이 나가자 배리 부인이 마릴라에게 말했다.

"저 애는 너무 책만 읽어요. 애 아버지까지 부추기니 제가 말릴 방도가 있어야지요. 책 읽는 게 일이랍니다. 친구가 생겨 정말 다행이에요. 아무래도 밖에서 지내는 시간이 더 많아지겠죠?"

정원에서는 온화한 저녁햇살이 뜰 가득히 내리쬐고, 앤과 다이애나는 화려한 들백합 꽃이 우거진 사이에서 서로 수줍은 듯이 쳐다보고 있었다.

배리 부인의 집 뜰에는 여러 가지 꽃이 가득했다. 장미색의 브리딩, 하스 꽃, 핑크색 청색 흰색의 미나리 꽃, 사향초, 리본꽃 등이 색깔도 아름답게 여기저기 만발했고 꿀벌이 평화스럽게 나무 끝을 윙윙 맴돌고 있었다.

"오, 다이애나."

앤은 겨우 손을 마주잡고 속삭이듯이 말했다.

"저… 저…, 넌 내가 좋아질 것 같니? 나의 친구가 돼줄 테야?"

다이애나는 웃기 시작했다. 다이애나는 늘 말하기 전에 웃는 버릇이 있었다. 다이애나는 솔직하게 말했다.

"그래. 그럴 것 같아. 난 네가 초록 지붕 집에 살게 되어서 얼마나 기쁜지 몰라. 같이 놀 친구가 있으면 무척 즐거울 거야. 이 근처에는 함께 놀 다른 친구가 없고, 여동생은 아직 어려서."

앤이 간절하게 말했다.

"영원히 나의 친구가 되겠다고 맹세해주겠니?"

"어떻게 하는 거야?"

다이애나가 물었다.

"일단 손을 잡는 거야. 원래는 흐르는 물 위에서 해야 하지만, 이 길에 물이 흐르고 있다고 상상하자. 내가 먼저 맹세의 말을 할게. 태양과 달이 존재하는 한 내 마음의 친구 다이애나 배리에게 충실할 것을 난 선서한다. 자아, 너도 이름을 넣어서 말해봐."

다이애나가 웃으며 맹세를 했고, 맹세를 마치자 또 웃었다.

"넌 정말 이상한 아이구나, 앤. 네가 별나다는 이야기는 듣고 있었지만 그래도 나는 네가 정말 좋아질 것 같아."

마릴라와 앤이 돌아가려 하자 다이애나는 통나무 다리가 있는 곳까지 바래다주었다. 두 여자아이는 팔짱을 끼고 함께 걸었다. 시냇가에 이르자 둘은 내일 오후에 다시 만나자는 약속을 몇 번이나 하고 헤어졌다.

"어떻게 됐니? 다이애나와는 마음이 잘 통하든?"

초록 지붕 집 정원으로 들어서며 마릴라가 물었다.

"네. 그럼요."

앤은 마릴라가 비꼬고 있는 것을 눈치채지 못하고 기분이 좋은 듯 한숨을 쉬었다.

"아, 아주머니. 이 순간 저는 프린스 에드워드 섬에 사는 사람들 중에서 가장 행복해요. 오늘 밤은 마음속으로 기도할 수 있어요. 다이애나와 저는 내일 오후부터 윌리엄 벨 아저씨의 자작나무 숲에서 놀이 집을 세울 작정이에요. 저 헛간에 있는 깨진 그릇들을 가져가도 될까요? 다이애나가 책을 빌려준댔어요. 아주 놀랍고 흥미진진한 책이래요. 숲 뒤에 야생 나라가 있는 곳도 보여준다고 했어요. 다이애나의 눈은 참 감정이 풍부한 것 같지 않아요? 제 눈도 그러면 좋을 텐데. 저한테 〈개암나무 골짜기의 넬리〉라는 노래를 가르쳐주겠다고 했어요. 방에 걸어 놓은 그림도 주고요. 연청색 실크 드레스를 입은 멋진 여인이 그려진 그림인데, 아주 아름답대요. 재봉틀 가게에서 선물로 받은 거래요. 저도 다이애나에게 뭔가 줄 수 있으면 얼마나 좋을까요? 이다음엔 조개껍질을 주으러 바닷가에 가기로 약속했어요."

마릴라가 끼어들었다.

"얘야, 다이애나가 견딜 수 없을 정도로 수다를 떨면 안 된다. 알겠지? 그리고 무엇을 하건 이건 기억해라, 앤. 너는 그렇게 항상 놀 수만은 없단다. 먼저 네가 할 일을 해놓고 그다음에 놀아야 해."

앤의 행복의 잔은 가득 찼다. 그것을 더욱 넘치게 한 것
은 매튜였다. 그가 카모디에 있는 상점에 막 다녀온 때였
다. 우물쭈물하며 주머니에서 보자기를 꺼내면서 마릴라
에게 양해를 구하듯이 힐끗 쳐다보더니 그것을 앤에게 넘
겨주었다.

"네가 초콜릿과 캐러멜을 좋아한다는 얘기를 전에 들은
적이 있어서 조금 사왔어."

"흥!"

마릴라는 콧방귀를 뀌었다.

"그런 것은 저 애의 이에도 위장에도 좋지 않아요. 이런,
그렇게 울상은 짓지 마라, 앤. 매튜 아저씨가 이왕 사오셨으
니 먹어도 좋다. 차라리 박하사탕을 사오는 것이 몸에도 좋
을 텐데. 한꺼번에 다 먹고 배탈이나 나지 않게 하렴."

"네. 한꺼번에 먹지 않겠어요."

앤은 황홀한 기분으로 말했다.

"아주머니. 그리고 이것을 다이애나에게 조금 나눠주고
싶은데요. 그러면 나머지 반은 지금보다 두 배는 맛있을 것
같아요. 다이애나에게 줄 것이 생겼다고 생각하니 기뻐요."

앤이 다락방으로 올라가자 마릴라가 입을 열었다.

"저 애의 좋은 점은 인색하지 않다는 거예요. 전 인색한 아이가 제일 싫거든요. 이거야 원, 저 아이가 온 지 겨우 3주밖에 안 됐는데 마치 오래전부터 같이 살았다는 느낌이 드네요. 저 아이가 없는 집은 이제 상상도 못하겠어요. 그렇다고 '그러게, 내가 뭐랬니.' 하는 표정은 짓지 마세요. 여자가 그래도 보기 싫은데 하물며 남자가 그런 얼굴을 하면 정말 못 참겠어요. 저 애를 맡기로 승낙하길 잘했다고 인정하고 또 저 애가 점점 좋아진다는 것은 기꺼이 인정하겠어요. 하지만 이 일을 가지고 계속 놀려댈 생각은 하지 말아요, 매튜 오라버니."

교실 이변

앤은 날이 갈수록 초록 지붕 집에 정이 들고 다이애나와
는 맹세한 그대로 둘도 없는 친구가 되어 즐거운 나날을 보
냈다. 곧 여름도 가고 9월의 첫날이 되어 앤은 학교에 다니
기 시작했다.

마릴라는 처음에 앤이 다른 애들과 달라서 어떻게 잘 어
울릴지, 수업 중에 사고나 치지 않을지 미리부터 걱정이 되
었다. 하지만 만사가 잘되어서 앤은 곧 모든 친구와 친해졌
고 공부도 열심히 하며 유쾌한 학교생활을 보내고 또 맞이
했다.

어느 상쾌한 9월 아침, 여느 때처럼 앤과 다이애나는 즐

겹게 학교로 가는 자작나무 길을 걷고 있었다.

"오늘은 꼭 길버트 브라이스가 학교에 올 것 같아."

다이애나는 기쁜 듯이 살포시 미소를 띠며 말했다.

"여름 동안 사촌 집에 있다가 토요일 밤에 돌아왔대. 정말 잘생긴 애야. 앤과 길버트는 아마 한 학급에 갈 거야. 지금까지 그 애는 학교에서 1등이었어. 나이는 열네 살에 가깝지만 아직 4학년이야. 4년 전에 그 애의 아버지가 갑자기 병에 걸려 앨버타로 요양을 갔는데, 그때 길버트도 따라갔거든. 거기 있는 3년 동안 거의 학교를 다니지 못했다나 봐. 이제 계속 1등 하기가 쉽지 않을 거야, 앤."

앤이 재빨리 말했다.

"잘됐네. 솔직히 겨우 아홉 살이나 열 살 된 아이들 틈에서 1등 하는 게 그리 자랑스럽진 않았거든."

둘이 학교에 도착하자 곧 수업이 시작되었다. 필립스 선생이 뒷좌석에서 프리스 앤드루스가 책 읽는 소리를 듣고 있는 동안 다이애나가 앤에게 속삭였다.

"통로를 사이에 두고 네 건너편에 앉아 있는 애가 바로 길버트 브라이스야. 잘생겼는지 어떤지 한번 봐, 앤."

앤이 그쪽으로 눈길을 돌렸다. 좋은 기회였다. 왜냐하면 화제에 오른 길버트가 자기 앞에 앉아 있는 루비 길리스의 길게 땋은 금발을 의자 등받이에 핀으로 고정하느라고 정신이 없었기 때문이었다. 앤은 마음껏 그 아이를 볼 수 있었다. 길버트는 키가 컸고 갈색 곱슬머리와 눈엔 장난기가 가득했으며 입술은 짓궂은 미소로 삐죽거렸다.

이윽고 얼마 후에 선생님에게 문제의 답을 이야기하려고 일어서던 루비는 머리카락이 통째로 빠지는 듯한 고통에 비명을 지르며 의자에 도로 주저앉았다. 학생들이 루비를 뚫어지도록 쳐다보았고 필립스 선생도 무서운 얼굴로 노려보았다.

루비가 마침내 울음을 터뜨렸다. 길버트는 살짝 핀을 빼서 숨겼다. 시치미를 떼고 다시없는 진지한 얼굴로 역사공부를 시작하고 있었다. 곧 떠들썩한 소란이 가라앉자 그는 앤을 향해 형언할 수 없는 이상한 표정으로 눈짓을 했다.

"네가 말하는 길버트는 확실히 멋지다고 생각해."

앤이 다이애나에게 슬쩍 말했다.

"그러나 너무 심술궂은 것 같아. 알지도 못하는 여자애에

137

게 윙크를 한다는 건 실례가 아니겠어?"

그러나 진짜 사건이 터진 것은 그날 오후였다.

필립스 선생은 교실 뒤편에서 프리스 앤드루스에게 수학 문제를 설명하고 있었고, 나머지 학생들은 각자 하고 싶은 대로 사과를 먹거나 석판에 그림을 그리거나 귀뚜라미를 줄로 묶어 통로를 오르락내리락하게 하면서 놀고 있었다. 길버트 브라이스는 앤 셜리의 시선을 끌려고 애썼지만 완전히 실패였다. 앤은 그 순간 길버트뿐만 아니라 에이번리 학교의 학생 모두와 그 학교 자체를 깡그리 잊고 있었다. 서쪽 창가에서 내다보이는 반짝이는 호수의 파란 물빛에 시선을 고정한 채 머나먼 환상의 꿈나라를 돌아다니기에 바빠 자신만의 아름다운 풍경 이외에는 아무것도 들리지도 보이지도 않았다.

길버트 브라이스는 여자아이들의 시선 끌기에 실패한 적이 거의 없었다. 따라서 뾰족한 턱에, 에이번리의 다른 여학생들 같지 않게 눈이 유난히 큰 빨간 머리 앤 셜리도 자신을 보아야 한다고 생각했다.

길버트는 통로 건너로 손을 뻗어 앤의 긴 빨간 머리끄덩

이를 들어올리고는 날카롭게 속삭였다.

"당근! 당근!"

순간 앤이 잡아먹을 듯이 길버트를 쏘아보았다. 앤은 쏘아보는 것만으로 그치지 않았다. 자리에서 벌떡 일어남과 동시에 눈부신 환상도 처참하게 무너져버렸다. 앤의 눈에서 이글거리던 분노의 불꽃이 어느새 흘러내린 눈물에 빛을 잃었다.

"이 비겁하고 나쁜 놈아! 어떻게 그런 소리를 해!"

그런 다음 퍽 하는 소리가 났다. 앤이 석판을 길버트의 머리에 내리쳐서 두 동강이 나는 소리였다. 다이애나는 숨이 막히는 것 같았다. 히스테리가 있는 루비는 갑자기 울기 시작했고 토미 슬론은 자기의 귀뚜라미가 달아나는 줄도 모르고 멍하니 입을 벌린 채 이 광경을 지켜보고 있었다.

필립스 선생은 성큼성큼 복도를 걸어오더니 앤의 어깨에 손을 얹고 화난 목소리로 말했다.

"앤 셜리! 이게 어찌 된 일이야?"

앤은 아무런 대답도 하지 않았다. 아이들 앞에서 자기가 '당근'이라고 불리는 놀림을 받았다고 얘기하는 것은 거의 차마 못할 일이었다. 길버트가 먼저 용감하게 입을 열었다.

"제가 나빴습니다. 제가 놀렸어요."

필립스 선생은 길버트의 말에는 아랑곳하지 않고 엄하게 말했다.

"내 학생 중에 이렇게 고약하고 못된 아이가 있다니 안타까운 일이구나. 앤! 남은 오후 시간 동안 칠판 앞 교단 위에 서 있어라."

앤은 이런 벌을 받으니 차라리 매를 맞는 것이 낫겠다고 생각했다. 창백하게 질린 얼굴로 앤은 선생의 말을 따랐다. 필립스 선생은 분필로 앤의 머리 위 칠판에 다음과 같은 글을 썼다.

〈앤 셜리는 성질이 고약합니다. 앤 셜리는 화를 참는 법을 배워야 합니다.〉

그러고는 글을 읽을 줄 모르는 1학년 아이들까지 알아들을 수 있게 큰 소리로 읽었다.

앤은 그 글씨 아래서 오후 내내 서 있었다. 하지만 울거나 고개를 숙이지는 않았다. 너무도 분노가 컸기 때문이었다. 두 눈 가득 화를 품고 뺨은 흥분으로 빨갛게 달아오른 앤은 다이애나의 동정 어린 눈빛과 찰리 슬론의 분개하는 고갯짓과 조시 파이의 심술궂은 미소를 고스란히 받아냈다. 하지만 길버트 브라이스는 거들떠보지도 않았다.

수업이 끝나자 앤은 빨간 머리를 빳빳이 들고 밖으로 나왔다. 길버트 브라이스가 현관문에서 앤을 막아서려 했다.

"너의 머리를 갖고 놀려서 정말 미안해."

앤은 멸시한다는 듯이 그의 말을 무시하고 그냥 휙 지나가버렸다. 길에 들어서자 다이애나가 부러움 반 질책 반으로 말했다.

"어떻게 그럴 수가 있니, 앤?"

다이애나는 자기라면 반드시 길버트의 사과를 거절하지 못했을 것이라는 생각이 들었다.

앤은 잘라서 말했다.

"나는 결코 길버트를 용서 못해. 그리고 필립스 선생까지도 내 이름에서 'E'자를 빼놓고 썼어. 내 영혼은 철창 속에 갇혀버린 거라고, 다이애나."

다이애나는 앤의 말에 조금도 납득이 가지 않았으나 어떤 무서운 일이라는 것만은 알았다.

다이애나가 앤을 달래며 말했다.

"길버트가 놀렸다고 해서 그를 너무 나쁘게 생각하지 마. 그 애는 여자아이라면 모두 놀렸어. 내 머리도 너무 검다고 비웃고 까마귀라고 얼마나 놀렸는지 몰라. 게다가 난 그 애가 사과하는 걸 한 번도 본 적이 없어."

"까마귀라고 불리는 것과 당근이라고 불리는 것은 전혀 달라. 길버트 브라이스는 내 마음을 갈가리 찢어 놓았단 말이야, 다이애나."

만일 그 밖에 아무 일도 일어나지 않았더라면 그 문제는 더한 고통 없이 지나갈 수도 있었을 것이다. 그러나 일단 어떤 사건이 일어나면 뒤이어 계속 다른 일이 일어나기 쉬운 법이다.

에이번리의 학생들은 보통 점심시간에 언덕 저쪽에 있는 벨 씨의 넓은 목초지 맞은편 가문비나무 숲에서 송진을 받아 껌처럼 씹고는 했다. 여기서 그들은 필립스 선생이 하숙하는 이븐 라이트 씨 집을 볼 수 있었다. 필립스 선생이 모습을 나타내면 학생들은 교사를 향해 쏜살같이 내달렸다. 그러나 그 거리는 선생이 라이트 씨 집에서 학교까지 오는 거리보다 세 배나 멀었기 때문에 아이들은 숨이 턱에 닿을 듯 헐떡이며 학교에 도착하기 십상이었고, 어떤 아이들은 3분쯤 늦기도 했다.

다음 날 필립스 선생은 문득 학생들의 버릇을 다잡아야 겠다는 생각을 했는지, 점심을 먹으러 가면서 아이들에게 자기가 돌아올 때까지 모두 제자리에 앉아 있으라고 일렀다. 그리고 늦게 오는 사람은 벌을 주겠다고 덧붙였다.

모든 남자아이와 몇몇 여자아이는 단지 '한 번 씹을 만큼만, 송진을 모아오겠다는 생각으로 여느 때처럼 벨 씨의 가문비나무 숲으로 향했다. 하지만 가문비나무 숲은 아름다웠고 노란 송진 덩어리를 찾는 일은 너무 재미있어서 아이들은 송진을 채집하며 이곳저곳을 어슬렁거렸다. 그리고 지미 글로버가 평소처럼 오래된 가문비나무 꼭대기에서 "선생님 오신다!"라고 소리치기 전까지 시간이 그렇게 빨리 지나갔는지도 모르고 있었다.

나무 밑에 있던 여자아이들이 제일 먼저 뛰기 시작해 1

초도 늦지 않고 가까스로 학교에 도착했다. 나무 위에서 허겁지겁 내려와야 했던 아이들은 그보다 조금 늦었다. 앤은 숲 끝까지 자기도 모르는 사이에 방황했고, 고사리 덤불 속에 앉아서 혼자서 작은 소리로 노래까지 불러보기도 했다. 머리에는 백합으로 엮은 화환을 쓰고 있었던 앤은 결국 제일 늦었다. 하지만 앤은 노루처럼 빠르게 달려 남자아이들을 문간에서 따라잡았고, 필립스 선생이 모자를 거는 순간 함께 휩쓸려 교실로 들어갔다

　아이들을 다잡겠다는 필립스 선생님의 열성은 사라졌다. 열 명이나 되는 아이들을 벌하는 것은 성가신 일이었다. 하지만 그래도 꺼낸 말이 있으니 어떻게든 벌을 주어야 했다. 희생양을 찾아 교실을 둘러보던 필립스 선생님의 눈에, 백합 화환도 미처 못 빼고 귀에 비스듬히 걸친 채 유난히 헝클어진 모습으로 숨을 헐떡이며 자리에 앉는 앤이 들어왔다.

　필립스 선생이 빈정거리며 말했다.

　"앤 셜리, 넌 남학생들을 좋아하는 것 같으니 오늘 오후에 널 기쁘게 해주마. 머리에서 그 꽃들을 치우고, 길버트 브라이스 곁에 가서 앉아라."

남자아이들이 낄낄거렸다. 다이애나는 안쓰러운 마음에 얼굴이 하얘져 앤의 머리에서 화환을 끌어내리고 손을 꼭 잡아주었다. 앤은 돌처럼 굳은 채로 선생님을 쳐다보았다.

필립스 선생님이 엄하게 다그쳤다.

"내 말 못 들었니? 앤."

"아뇨, 들었습니다. 하지만 진심으로 하신 말씀은 아니라고 생각했어요."

"틀림없이 진심이다. 당장 내 말대로 해."

한순간 앤은 선생님의 말을 따르지 않으려는 듯 보였다. 하지만 어쩔 수 없다는 걸 깨달았는지 도도하게 일어나 통로를 가로질러 길버트 브라이스 옆에 가 앉더니 책상 위에 팔을 올리고 얼굴을 묻었다. 앤이 엎드리는 모습을 힐끗 봤던 루비 길리스는 집에 가는 길에 다른 아이들에게 이렇게 말했다.

"정말 그런 얼굴은 처음 봤어. 새하얀 얼굴에 깨알같이 빨간 점들이 바글바글하더라니까."

앤으로서는 모든 게 끝난 것이나 마찬가지였다. 똑같이 잘못했는데 혼자만 벌을 받는 것도 기분 나쁜데, 남자아이

옆에 앉으라는 것은 더욱 속상하는 일이었다. 거기다 그 사람이 하필이면 길버트 브라이스라니, 상처에 모욕감까지 더해져 앤은 도저히 참을 수가 없었다.

수업이 끝나자 앤은 자기 책상으로 돌아가 책상 안에 든 책, 필기 판, 펜, 잉크, 성경책, 수학책을 보란 듯이 몽땅 꺼내서는 깨진 석판 위에 가지런히 올렸다.

"그건 왜 전부 집으로 가져가는 거야? 앤."

다이애나가 길가로 나오자마자 앤에게 물었다.

"나 이제 다시는 학교에 안 갈 거야."

앤은 대답하였다. 다이애나는 숨을 죽이고 정말인지 확인하기 위해 앤을 주시했다.

"마릴라 아주머니가 너를 집에 있게 할 줄 알아?"

다이애나는 어림없다는 듯이 말했다.

"있게 해줄 거야. 이제는 두 번 다시 그 선생님이 있는 학교에 가지 않을 테야."

"저런, 앤!"

다이애나는 금방이라도 울 것 같은 얼굴이었다.

"너무해. 그럼 난 어떻게 하니? 필립스 선생님은 고약한

146

거티 파이를 앉힐 게 분명해. 그 애가 지금 혼자 있으니 말이야. 제발 학교에 와줘. 앤."

앤이 슬픈 목소리로 말했다.

"다이애나, 널 위해서라면 난 무슨 일이든 할 수 있어. 너한테 도움이 된다면 내 팔다리도 떼어줄 거야. 하지만 이건 안 돼. 그러니 제발 그런 부탁만은 말아 줘. 그러면 내가 너무 힘들어져."

다이애나는 여러 가지 얘기를 하며 앤을 만류하였으나 앤의 마음은 조금도 움직이지 않았다. 집에 돌아와서는 두 번 다시 학교로, 필립스 선생 곁으로 갈 생각이 없다고 마릴라에게 말했다.

"어리석은 짓이야."

마릴라는 절대 그럴 수 없다는 듯이 단호하게 잘라 말했다.

"조금도 어리석은 일이 아니에요."

앤은 엄숙하게 항의하는 눈초리로 마릴라를 보았다.

"모르세요? 마릴라 아주머니? 저는 모욕을 당했어요."

"모욕이 뭐야? 내일도 평소처럼 학교에 가거라."

"아니에요. 안 가요. 저는 집에서도 공부할 수 있고 좋은 애도 될 수 있어요. 무슨 일이 있더라도 가만히 있을 작정이에요. 아무리 생각해도 학교에 돌아갈 수 없어요."

마릴라는 앤의 작은 얼굴에서 조금도 양보하지 않으려는 눈치를 알자 현명하게 그 장소에서는 아무것도 이야기하지 않는 것이 좋겠다고 생각했다.

'오늘밤 레이첼에게 가서 상의해보도록 하자. 지금 앤과 실랑이를 벌여보았자 소용이 없겠어. 워낙 흥분해 있는 데다, 한번 마음먹었다 하면 여간해선 고집을 꺾지 않는 아이니까. 저 아이 말을 들어보면 필립스 선생님이 너무 심했던 것 같군. 하지만 저 애한테 그렇게 얘기할 수는 없지. 레이첼과 의논을 해봐야겠어. 아이들을 열 명이나 학교에 보냈으니 무슨 방법을 알고 있겠지. 지금쯤이면 레이첼도 앤에관한 소문을 들어 알고 있을 거야.'

마릴라가 찾아갔을 때 린드 부인은 여느 때처럼 부지런하고 활기차게 침대보를 만들고 있었다.

마릴라는 약간 쑥스러워 하며 입을 열었다.

"제가 왜 왔는지 알고 있겠죠?"

린드 부인이 고개를 끄덕였다.

"앤이 학교에서 일으킨 소동 때문이죠? 틸리 볼터가 집에 가는 길에 들러 얘기해주더군요."

"그 아이를 어떻게 해야 좋을지 모르겠어요. 다시는 학교에 가지 않겠대요. 아이가 그렇게 흥분한 건 처음 봤어요. 학교에 가기 시작할 때부터 무슨 일이 일어나지나 않을까 걱정이 됐어요. 저 애는 신경이 너무 예민해요, 레이첼."

"글쎄요. 내 의견을 듣고 싶어 하는 이상 말하겠지만, 마릴라 여사."

여사라고 린드 부인은 애교를 떨며 대답했다. 린드 부인은 남들이 자기의 의견을 말해 달라고 청하는 것을 무척 좋아했다.

"나라면 일단 그 아이 뜻대로 내버려두겠어요. 난 필립스 선생이 잘못했다고 생각해요. 물론 아이들한테는 그렇게 말하면 안 되겠지만요. 어제 앤이 성질을 부린데 대해 벌을 준 것은 물론 잘한 일이에요. 하지만 오늘은 사정이 달라요. 늦게 들어온 다른 아이들도 앤처럼 벌을 췄어야죠. 게다가 벌로 여자아이를 남자아이와 같이 앉히는 것은 좋지 않아

요. 틸리 볼터가 화가 단단히 났더군요. 그 애는 완전히 앤
편인데다가 앤이 아이들 사이에 인기는 좋은가 봐요. 앤이
아이들이랑 그렇게 잘 지낼 줄은 정말 몰랐어요."

마릴라가 깜짝 놀라며 물었다.

"그러면 당신은 그 애를 놀게 하는 것이 좋다고 생각
해요?"

"네, 그래요. 나 같으면 그 애가 스스로 학교 얘기를 꺼
내기 전에는 그 얘기는 꺼내지 않을 거예요. 두고 봐요. 1
주일쯤 지나면 앤이 마음을 가다듬고 제 입으로 학교에 가
겠다고 말할 테니까요. 그와 반대로 당신이 지금 당장 그
아이를 학교에 억지로 보냈다가는 어떤 말썽이나 화가
일어날지, 더 큰 골칫거리가 생길지 모른다고요. 제 생각엔
조용히 넘어가는 것이 좋을 것 같아요. 학교에 가지 않는
다고 해서 그리 손해 볼 것도 없을 거예요. 필립스 선생은
교사로서는 자격 미달이에요. 교육 방식에 다들 말이 많아
요. 어린아이들은 그냥 내버려두고 퀸스 아카데미에 들어
갈 큰 아이들한테만 온통 신경을 쓴다고요. 그 선생 사촌
이 이사만 아니었다면 학교에 계속 있지도 못했을 거예요.

그 이사라는 사람이 다른 이사 두 명을 휘어잡고 있으니까요. 정말이지 이 섬의 교육이 어떻게 되어 가고 있는지 모르겠어요."

린드 부인이 고개를 절레절레 흔들며 말했다. 마치 자기가 이 지역 교육계의 책임자라면 훨씬 더 잘할 수 있다는 투였다. 마릴라는 린다 부인의 충고를 받아들이고 앤에게 두 번 다시 학교에 가라고 말하지 않았다. 앤은 집에서 공부하고 정해진 일을 하고, 자줏빛 서늘한 황혼 속에서 다이애나와 놀기도 하면서 지냈다.

그리고 길에서, 주일 학교에서 길버트 브라이스와 마주쳤을 때는 냉정히 경멸하는 태도로 지나쳐버렸다. 다이애나가 중간에서 어떻게든 화해시켜 보려고 했지만 아무 소용이 없었다. 앤은 죽을 때까지 길버트 브라이스를 미워하기로 작정한 것이 분명했다.

비극이 찾아온 날

초록 지붕 집의 10월은 아름다웠다. 어느 날 아침, 마릴
라가 앤에게 말했다.

"나는 오후에 후원회 집회에 가야 하니까 아마 어두워져
서야 돌아올 것 같구나. 매튜 아저씨와 제리의 저녁식사 준
비를 네가 해야 될 거야. 그리고 이런 일을 시켜서 좋을지
모르겠지만 점심 때 다이애나를 불러서 다과 대접을 하렴.
앵두 설탕 조림이 든 단지를 내놓고 대접해도 좋아. 과일이
든 단지를 내놓고 쿠키와 생강이 든 비스킷을 먹어도 좋고."

앤은 두 손을 맞잡으며 말했다.

"어머나! 마릴라 아주머니, 너무 멋져요! 저는 오랫동안

그것을 원했어요. 정말 기뻐요. 뭐라고 표현해야 좋을지 모르겠어요."

앤은 골짜기를 내려가 언덕 과수원집에 간 다음 다이애나를 초대했다. 마릴라가 카모디로 떠나자마자, 다이애나는 초대받은 사람에게 걸맞게 옷 중에서 두 번째로 좋은 나들이옷을 입고 찾아왔다. 그리고 평소 같으면 노크도 하지 않고 부엌으로 뛰어들었겠지만, 지금은 현관에서 한껏 얌전을 빼며 현관문을 노크했다.

그러자 역시 두 번째로 좋은 옷으로 갈아입은 앤이 점잖은 태도로 문을 열고, 둘은 이제까지 한 번도 만나지 못했던 사이처럼 진지하게 악수를 했다.

"어머니는 어떻게 지내시지요?"

앤은 그날 아침 배리 부인이 건강하고 활기찬 모습으로 사과를 따고 있던 걸 보지 못한 것처럼 예의 바르게 물었다.

"덕택에 잘 계셔요. 오늘 오후에 커스버트 아저씨가 감자를 갖고 릴리 샌즈에 가신다면서요?"

이렇게 묻는 다이애나도 실은 그날 아침 매튜의 마차를 타고 해먼드 앤드루스 씨 댁에 갔다 온 일을 알고 있었다.

"글쎄 말예요. 우리 집 감자는 올해 수확이 많았어요. 댁의 감자도 그렇기를 바랍니다."

"저희도 아주 좋아요. 감사합니다. 사과는 많이 따셨나요?"

이렇게 말하면서 위엄을 지키는 것도 잊은 채 벌떡 일어섰다.

"과수원에 가서 사과를 따자, 다이애나. 나무에 남은 것은 모두 먹어도 좋다고 마릴라 아주머니가 말씀하셨어. 얼마나 친절한 분이신지 몰라. 과일 케이크와 체리 잼도 차랑같이 먹으래. 하지만 손님한테 뭘 대접할지 미리 얘기하는 건 예의가 아니니까, 마릴라 아주머니가 우리더러 마시라고 한 음료수는 말하지 않을래. 빨간 색깔에 이름이 '딸'로 시작된다는 것만 말해줄게. 난 빨간색 음료가 참 좋아. 넌 안 그래? 다른 색깔보다 두 배는 더 맛있거든."

과수원에는 탐스럽게 익은 사과가 주렁주렁 매달린 사과나무 가지가 땅을 향해 휘어질 정도로 늘어져 있었다. 기쁨을 참지 못한 둘은 오후의 대부분을 여기서 보냈다. 아직 서리를 맞지 않은 초록빛 풀밭 한구석에 앉아 부드럽고 따스한 가을 햇살 아래 사과를 먹으며 마음껏 이야기를 나누었다. 다이애나는 학교에서 일어난 일들을 이야기했다. 다이애나는 결국 거티 파이와 앉게 되었다며 속상해했다. 그리고 모두들 앤을 무척 그리워하며 다시 학교에 나오길 바라고 있다고 전했다. 그리고 길버트 브라이스는…….

하지만 앤은 길버트 브라이스의 소식은 듣고 싶지 않았다. 앤이 자리에서 벌떡 일어나더니 들어가서 딸기 주스를 마시자고 말했다.

앤은 마릴라에게서 선반 둘째 칸에 딸기 주스가 있다는 말을 듣고 그곳을 찾아보았으나 그곳에는 없었다. 여기저기 뒤진 끝에 맨 위 칸에서 그것을 찾았다. 앤은 병을 쟁반 위에 올려놓고 식탁 위에 컵과 같이 놓았다.

"자……, 부디 마음껏 드십시오. 다이애나 양."

앤은 정중하게 권했다.

"저는 지금 같아서는 먹고 싶지 않아요. 사과를 너무 많이 먹었거든요."

다이애나는 컵에 넘치도록 딸기 주스를 따르고 그 아름다운 붉은색에 감탄하면서 얌전하게 홀짝거렸다.

"이건 정말 훌륭한 딸기 주스예요, 앤."

"마음에 들다니 정말 좋아요. 마음껏 들어요. 나는 잠깐 저기 가서 불을 지피고 올게요."

앤이 부엌에서 돌아왔을 때 다이애나는 두 번째 딸기 주스를 들고 있었다. 그리고 다시 권유를 받자 별 이의도 없이 세 잔째를 마시는 것을 보니 딸기 주스가 확실히 맛있기는 한 모양이었다.

"이렇게 맛좋은 것은 처음이야."

다이애나가 말했다.

"린드 부인이 그렇게 자기 것을 자랑하고 있지만 이것은 그것과 비교가 안 될 정도로 맛있어. 맛이 정말 좋아."

그 후 두 사람은 유쾌하게 이야기를 계속했으나 갑자기 다이애나가 비틀거리며 일어나 두 손으로 머리를 움켜쥐고는 도로 주저앉았다.

다이애나가 약간 혀가 감기는 소리로 말했다.

"나……, 나, 아주 기분이 나빠. 지, 집에 갈 테야."

깜짝 놀란 앤이 열심히 만류했으나, "나 머리가 핑 돌아. 갈 테야." 하고 얼빠진 말만 할 뿐이었다. 정말로 다이애나의 걸음걸이는 휘청거리고 있었다. 실망한 앤이 눈물을 글썽이며 다이애나의 모자를 들고 배리 씨 댁 울타리까지 바래다주었다. 그리고 초록 지붕 집으로 돌아오는 내내 눈물을 흘렸다. 앤은 슬픔이 젖어 남은 딸기 주스를 찬장에 도로 갖다 놓고는 맥없이 매튜와 제리의 차를 준비했다.

다음 날은 하루 종일 비가 억수처럼 쏟아져 앤을 집에서 한 발짝도 나가지 못하게 했다. 월요일 오후 마릴라는 린드 부인 집에 앤을 심부름 보냈다. 얼마 지나지 않아 앤은 눈물을 흘리며 오솔길을 다시 달려왔다. 부엌에 들어서자마자 앤은 소파에 몸을 던지고 엎드려 괴로워하며 울부짖었다.

"무슨 일이 또 일어났구나, 앤?"

마릴라가 당황하며 물었다.

앤은 대답도 하지 않고 더욱 큰 소리로 흐느껴 울었다.

"앤, 내가 무엇을 물으면 대답이라도 해야지. 무엇 때문에 울고 있는지 대답을 좀 해보렴. 궁금하고 답답해서 못 견디겠구나."

앤은 비극의 화신처럼 보이는 모습으로 일어났다.

"린드 아주머니기 오늘 배리 아주머니 집에 들렀더니 배리 아주머니가 화를 내고 있었대요. 그리고 제가 주일

날 다이애나를 취하게 만들어서 보기 흉한 모습으로 돌려보냈다고 말씀하셨대요. 제가 말도 못하게 나쁜 아이니까, 다시는 다이애나와 놀지 못하게 하겠다고 하셨대요. 저…… 마릴라 아주머니 저는 어떻게 해야 좋을까요?"

마릴라는 아연실색하였다.

"다이애나를 취하게 하였다니? 앤, 네가 정신이 이상한 거니? 배리 부인이 정신이 어떻게 된 거니? 도대체 다이애나에게 뭘 주었니?"

가까스로 말문이 트인 마릴라가 물어보았다.

"딸기 주스뿐이에요. 전 딸기 주스에 취하리라곤 생각도 못했어요. 마릴라 아주머니, 아무리 다이애나가 큰 컵으로 세 잔 가득하게 마셨다고는 해도. 아, 마치 토마스 아저씨 같았어요. 하지만 저는 다이애나를 취하게 만들려던 게 아니었어요."

"취하다니, 말도 안 되는 소리."

마릴라가 거실 찬장으로 가면서 말했다. 그리고 선반 위에 놓인 병이 3년 전에 자신이 직접 담근 포도주라는 것을 이내 알아보았다. 에이번리에서 마릴라의 포도주 담그는 솜씨는 유명했다. 배리 부인처럼 엄격한 사람들은 마릴라가 술을 담그는 것을 두고 강하게 비난했지만 말이다. 마릴라는 순간 딸기 주스 병을 앤에게 말해준 거실 찬장이 아니라 지하실에 두었다는 생각이 떠올랐다.

마릴라는 포도주 병을 들고 부엌으로 돌아왔다. 웃음을 참느라고 저절로 얼굴이 실룩거렸다.

"앤, 너는 확실히 말썽 피우는 데는 천재로구나. 넌 다이애나에게 딸기 주스 대신 포도주를 줬어. 맛이 다르지 않던?"

"전 마시지 않았어요."

앤이 말했다.

"그것을 딸기 주스로 알았어요. 저는 정성껏 대접했다고 생각하는데요. 다이애나는 기분이 나빠져서 집에 돌아간다고 얘기하기 시작했어요. 아주 녹초가 되도록 취했다고 배리 아주머니가 린드 부인에게 말했대요. 아주머니도 대체 어떻게 된 일이냐고 물어요. 다이애나는 멍청이처럼 웃고만 있다가 이불 속으로 들어가서 자고 말았대요. 그녀의 숨결 냄새 맡고 비로소 다이애나가 취한 것을 배리 아주머니가 알았대요. 다이애나는 어제 하루 종일 두통이 나고 배리 부인은 아주 화가 났대요. 아무리 생각해도 제가 일부러 그렇게 취하게 했다고 생각하고 계신 모양이에요."

"무엇이든 간에 큰 컵으로 석 잔을 마시는 먹보는 벌을 받는 것이 좋을 거야. 하여튼 이 얘기는 내가 포도주를 만든다고 비난하는 사람들에게 좋은 구실이 될 거야. 하기야 목사님도 찬성하지 않는다는 얘기를 들은 후 요즘 3년 동안은 일절 만들지 않았지. 그 포도주는 병에 걸렸을 때 쓰려고 치워둔 것이야. 이제 울지 마라. 이렇게 돼서 너는 가없게 되었지만 네가 잘못했다고 생각하지는 않으니까."

"어떻게 울지 않을 수가 있을까요, 아주머니. 다이애나와 저는 영원히 갈라지게 되고 말았어요."

"바보 같은 소리 마라, 앤. 배리 부인도 네가 정말 잘못이 없다는 걸 알게 되면 잘 이해해주실 거야. 오늘밤에 가서 자초지종을 말하는 게 좋을 거야."

"다이애나 일로 감정이 상해 있는 사람에게 간다고 생각만 해도 기가 죽어요."

앤은 또 한숨을 쉬었다.

"마릴라 아주머니께서 다녀오시면 좋겠어요. 저보다는

163

훨씬 믿음이 가게 말씀하시잖아요. 제가 말하는 것보다 아주머니 말을 더 잘 들어주실 거예요."

마릴라도 그 편이 낫겠다고 생각했다.

"그건 그래. 그렇게 하마. 자, 그만 울어라, 앤. 모두 잘 될 거야."

하지만 마릴라가 언덕 과수원집에서 돌아왔을 때 그 생각은 바뀌어 있었다. 앤은 마릴라가 오자 현관으로 뛰어가 맞이했다.

앤이 슬픈 표정으로 말했다

"아, 아주머니의 얼굴을 보면 일이 잘되지 않았다는 것을 알 수 있어요. 배리 아주머니가 저를 용서해주시지 않는 거지요?"

"배리 부인은 정말 마음에 들지 않는구나."

마릴라는 투덜거렸다.

"사리를 몰라도 그 여자처럼 모르는 사람이 있을까. 그 일은 잘못된 일이기는 하지만 네가 나쁜 것이 아니라고 일러주었건만 막무가내로 나를 믿어주지 않더군. 그리고 내가 담근 포도주가 나쁘다는 얘기와 보통 포도주는 하등의 해가 없다고 말하지 않았느냐고 비난을 퍼붓는 거야. 그래서 내가 포도주라는 것은 한꺼번에 석 잔씩 마시려고 만든 것이 아니라고 똑똑히 말했지. 만약 내 아이가 그렇게 욕심을 냈다면 정신이 번쩍 들게 매로 다스렸을 거라고 말이야."

흥분이 가시지 않는지 마릴라는 괴로워 어쩔 줄 모르는 어린 영혼을 남겨 둔 채 횡하니 부엌으로 가버렸다. 앤은 곧바로 모자도 쓰지 않고 어둠이 깔린 쌀쌀한 가을 길로 나섰다. 차분한 걸음걸이로 들판을 빠져나간 앤은 통나무 다리를 건너 배리의 집 앞에 서서 문을 노크하였다.

얼굴은 내민 배리 부인은 입술이 새파랗게 질린 채 애원하는 듯 간절한 눈으로 문간에 서 있는 앤을 보았다. 그녀는 험상궂은 표정으로 냉정하게 말했다.

"무슨 일이니?"

앤은 두 손을 모으고 말했다.

"저……, 아주머니. 제발 용서해주세요. 저는 다이애나를 취하게 하려던 게 아니었어요. 제가 어떻게 그러겠어요? 이 세상에서 단 하나 마음을 둔 친구를 일부러 취하게 한다고 생각할 수 있어요? 저는 그것이 그냥 딸기 주스인 줄 알았어요. 아, 제발 다이애나와 함께 지낼 수 있게 해주세요. 그럴 수 없다면 아주머니는 저의 일생을 슬픔의 먹구름으로 뒤집어씌우게 될 거예요."

마음 좋은 린드 부인의 마음을 순식간에 누그러뜨렸던 앤의 말솜씨도 배리 부인에게는 화만 돋울 뿐 전혀 통하지 않았다. 앤의 과장된 말과 연극적인 몸짓은 오히려 더 수상해 보였고, 자신을 놀리고 있다는 생각마저 들었다. 배리 부인이 차갑고 잔인하게 말했다.

"넌 다이애나에게 어울리는 친구가 아닌 것 같구나. 집에 돌아가서 얌전히 있는 것이 좋겠다."

앤의 입술이 바들바들 떨렸다.

"작별 인사를 하게 한 번만 다이애나를 볼 수 없을까요?"

앤이 애원했다.

"다이애나는 아버지와 카모디에 가고 없다."

말을 마친 배리 부인이 안으로 들어가 문을 닫았다. 앤은 절망에 빠진 채 초록 지붕 집으로 돌아왔다.

앤이 마릴라에게 말했다.

"마지막 희망이 깨졌어요. 배리 아주머니를 뵈러 갔다가 심한 모욕을 받고 돌아왔어요. 아무래도 배리 아주머니는 이해심이 없는 분인 것 같아요. 이제 기도하는 수밖에 없어요. 하지만 그다지 기대하지는 않아요. 배리 아주머니처럼 고집불통인 사람은 하느님도 감당하기 힘들 테니까요."

"앤, 그런 말 하면 못써."

버릇없는 앤의 말에 마릴라가 터져 나오는 웃음을 애써 참으며 꾸짖었다. 그리고 그날 밤 매튜에게 앤이 겪고 있는 시련에 대해 이야기하면서 결국 한바탕 크게 웃음보를 터뜨렸다. 하지만 잠자리에 들기 전에 슬그머니 다락방으로 가 울다 잠든 앤을 바라보는 마릴라의 얼굴에는 여간해서는 보기 힘든 부드러움이 배어 있었다.

"가여운 것."

마릴라가 눈물로 얼룩진 앤의 얼굴 위로 흩어진 머리카락을 쓸어 올리며 낮게 중얼거렸다. 그리고는 베게 위로 몸을 굽혀 발그레한 볼에 입을 맞추었다.

인생의 새로운 재미

앤과 다이애나가 뜻하지 않은 일로 갈라진 후 다음 일요
일, 마릴라는 팔에 책 바구니를 끼고 단단히 결심한 듯 입술
을 꾹 다문 채 방에서 내려오는 앤을 보고 깜짝 놀랐다.

앤이 입을 열었다.

"저 학교에 돌아가려고 생각해요. 가장 친한 친구를 무참
히도 빼앗긴 지금 제게 남은 것은 학교뿐인 것 같아요. 학
교에서는 다이애나도 볼 수 있고 지나간 나날을 회상할 수
도 있거든요."

이런 결과에 마릴라는 기쁨을 감추며 말했다.

"그것보다도 너의 학과 공부인 수학 생각을 하는 게 더

좋을 거야. 다시 학교에 가면 이제 석판으로 다른 사람의 머리를 때리거나 엉뚱한 짓은 하지 않을 거라 믿으마. 얌전히 굴고 선생님 말씀을 잘 따르도록 해라."

앤이 처량한 목소리로 대답했다.

"모범생이 되도록 노력할게요. 재미는 없겠지만요. 필립스 선생님은 미니 앤드루스가 모범생이라고 말씀하셨지만, 그 애한테는 상상력이나 활기가 전혀 없어요. 하지만 전 너무 우울하니까 쉽게 모범생이 될지도 몰라요. 길을 둘러 가야겠어요. 자작나무 길을 혼자 걷는다는 건 견딜 수 없는 일이니까요. 아마 너무 슬퍼서 울고 말 거예요."

학교로 돌아간 앤은 큰 환영을 받았다. 아이들은 놀이를 할 때는 앤의 상상력을, 노래를 할 때는 앤의 목소리를, 점심시간에 큰 소리로 책을 낭독할 때는 앤의 연극적인 몸짓과 말투를 그리워했다.

그러나 학교에서도 다이애나는 앤과 놀아서는 안 된다는 어머니의 분부가 있었으므로 둘은 가끔 얼굴을 보며 서로의 마음을 위로했다.

마릴라는 앤이 다시 학교에 다니기 시작하자, 더 큰 말썽을 피우지는 않을까 무척 걱정했다. 하지만 아무런 일도 일어나지 않았다. 어쩌면 모범생 미니 앤드루스의 영향을 받아서인지도 몰랐다. 그 후로는 필립스 선생과도 잘 지냈다. 앤은 무슨 과목이든 길버트 브라이스에게 지지 않겠다는 굳은 결심으로 공부에 매달렸다. 둘의 경쟁은 곧 누구나 알 수 있을 정도가 되었다. 하지만 길버트 쪽에서는 순전히 선의의 경쟁이었지만 증오의 감정을 버리지 못한 앤은 그렇지 않았다. 앤은 사랑만큼이나 미움도 강렬했다.

그런데 예기치 못한 일로 앤의 운명이 바뀌는 순간이 왔다.

캐나다의 총리가 샬럿타운에서 열리는 국민대회에 와서 연설을 하게 되었다. 에이번리 사람들은 대부분 정치적으로 총리의 편이어서 거의 모든 남자들과 꽤 많은 여자들이 40킬로미터나 떨어진 샬럿타운으로 갔다. 레이첼 부인도 갔다. 린드 부인은 정치에 관심이 많았고, 정치적으로 총리의 반대편이긴 했어도 자신이 빠진 정치 모임은 있을 수 없다고 생각했다. 그래서 남편 토마스와 함께 길을 나섰고, 마릴라 커스버트도 함께 갔다. 내심 정치에 관심을 두고 있던 마릴라는 총리의 얼굴을 볼 수 있는 마지막 기회라는 생각으로, 다음 날 돌아오겠다며 앤과 매튜를 집에 남겨 두고 서둘러 따라나섰다.

마릴라와 린드 부인이 연설회에서 알찬 시간을 보내는 동안 초록 지붕 집에서는 앤과 매튜 두 사람이 기분 좋은 저녁을 보내고 있었다. 구식 난로에서는 장작불이 활활 타올랐고, 유리창엔 하얀 수정 같은 서리가 파르라니 반짝였다. 매튜는 소파에 앉아 《농민의 지지자》라는 잡지를 보며 꾸벅꾸벅 졸고 있었고, 앤은 찡그린 얼굴로 공부에 열중하고 있었다.

조금 후에 앤이 책에서 눈을 떼며 물었다.

"저, 아저씨. 지하실에 내려가 적갈색 사과를 조금 가져올까요? 사과를 드시겠어요?"

매튜는 적갈색 사과는 절대 먹지 않지만 앤이 좋아한다는 것을 알고 이렇게 대답했다.

"글쎄다, 먹어보고 싶구나."

접시에 사과를 가득 담아 신나게 지하실에서 올라오던 앤은 얼어붙은 길을 다급하게 뛰어오는 발소리를 들었다. 다음 순간 부엌문이 왈칵 열리며 숄로 머리를 대강 감싼 다이애나가 하얗게 질린 얼굴로 숨을 헐떡이며 달려들어 왔다.

"대체 무슨 일이야, 다이애나? 마침내 너희 엄마 화가 풀린 거야?"

다이애나가 파르르 떨며 애원했다.

"오, 앤! 빨리 와줘. 미니 메이가 너무 아파. 메리조가 그러는데 후두염이래. 엄마와 아빠는 멀리 시내에 가셔서 의사를 부르러 갈 사람이 없어. 미니 메이는 아파서 죽을 지경인데, 메리조는 어째야 할지를 모르겠대. 아, 앤, 나 너무 무서워."

매튜가 아무 말 없이 모자와 코트를 챙겨 들고는 다이애나의 곁을 지나 어두운 뜰로 나갔다. 앤이 모자와 재킷을 허겁지겁 걸치며 말했다.

"매튜 아저씨는 의사를 부르러 카모디로 가려고 마차에 말을 매러 가신 거야. 말씀을 안 하셔도 난 알아."

"카모디에서는 의사를 찾을 수 없다고 생각해. 블레어 선생님은 시내에 가셨고, 스펜서 선생님도 아마 가셨을 거야. 메리조는 후두염에 걸린 사람은 한 번도 본 적이 없대. 게다가 린드 아주머니도 안 계시잖아. 아, 어쩌면 좋아. 앤."

앤이 기운을 돋우며 말했다.

"울지 마, 다이애나. 후두염이라면 내가 잘 알아. 해먼드 아주머니네 집에 쌍둥이가 세 쌍이나 있었다고 했었지. 쌍둥이를 세 쌍이나 돌보게 되면 이런저런 일을 겪기 마련이야. 걔네들도 후두염을 번갈아가며 앓았거든. 너희 집엔 없을지 모르니 내가 토근(담을 없애고 토하게 하는 약 뿌리) 병을 가져올게, 기다려."

두 소녀는 손을 잡고 서둘러 집을 나와 얼어붙은 들판을 힘차게 달렸다. 세 살배기 미니 메이의 상태는 그야말로 심각했다. 열에 들떠 부엌 소파에 누워 골골거리는 미니 메이의 숨소리가 온 집 안에 울려 퍼졌다. 크리크에서 온 통통하고 넓은 얼굴의 프랑스 아가씨 메리조는 부인이 없는 동안 아이들을 돌봐 달라고 고용했지만, 너무 당황한 나머지 무엇을 해야 할지 몰랐고 생각이 났다 하더라도 행동으로 옮기지 못할 정도였다.

앤은 지체하지 않고 일을 시작했다.

"미니 메이는 확실히 후두염이야. 상태가 그다지 좋지 않은데 악화되면 어쩔 도리가 없어. 우선 뜨거운 물이 많이 필요한데, 저 주전자에는 한 잔밖에 물이 없잖아. 자, 물을 가득 넣었으니, 메리조, 스토브에 불을 지펴요. 그리고 내가 미니 메이의 옷을 벗기고 침대에 눕힐 테니 너는 뭐든 좋으니 부드러운 플란넬 천을 찾아와, 다이애나. 무엇보다도 먼저 토근을 먹일 작정이야."

미니 메이는 좀처럼 그것을 먹으려고 하지 않았지만 세 쌍둥이를 키운 경험이 있는 앤이라 불안한 긴 밤 동안 몇 번이고 미니 메이에게 토근을 먹일 수 있었다.

두 소녀는 밤을 새우며 고통을 받고 있는 미니 메이를 끊임없이 간호하고, 메리조는 정성껏 도움을 주고자 하는 마음에 불을 활짝 지펴서 후두염 전문 병원 전체가 써도 남을 만큼 뜨거운 물을 끓였다.

매튜가 의사를 데리고 온 것은 새벽 세 시였다. 찾아다니다가 겨우 스펜서 의사를 데리고 왔다. 그러나 우선 당장 급한 치료를 할 필요가 없었다. 미니 메이의 상태는 훨씬 좋아져서 푹 자고 있었기 때문이다.

앤이 설명했다.

"어제는 절망적이어서 체념할 정도였어요. 미니 메이는

점점 악화되기 시작하여 마지막에는 해먼드 씨네 마지막 쌍둥이보다도 더 악화되었어요. 숨이 막혀서 죽어버리지 않나 생각될 정도였어요. 저 병에 가득 든 토근을 모두 먹이고 마침내 마지막 남은 것을 먹이면서, 나는 혼잣말을 했어요. '이게 마지막 희망이야. 희망이 헛되지 않아야 할 텐데.' 하고요. 다이애나에게도 말하지 않았어요. 그렇지 않아도 두 사람은 걱정이 태산 같을 텐데 그 이상 그들을 상심시키고 싶지 않았거든요. 그런데 3분가량 있다가 미니 메이는 기침을 하며 가래를 뱉더니 곧 목이 편하게 됐어요. 저는 얼마나 안도의 숨을 쉬었는지 몰라요. 의사 선생님의 상상에 맡기겠어요. 말로는 표현 못할 정도였지요. 세상에는 말로 표현할 수 없는 게 있어요."

"암, 있고말고."

의사는 고개를 끄덕였다. 그는 앤을 응시하면서 앤에 관해서 무엇인가 생각하는 것 같았으나 여기에도 역시 말로는 표현 못하는 것이 있는 것 같았다. 그러나 후에 배리 부인에게 그것을 말로 표현했다.

"커스버트 씨 댁에 있는 그 빨간 머리 여자아이는 참 영특하더군요. 그 아이가 따님의 생명을 구했습니다. 제가 여기 도착한 다음에 손을 썼다면 이미 늦었을 테니까요. 어린 나이인 데도 수완이 있고 침착한 게 아주 기특해요. 저한테 상황을 설명하던 눈빛은 어디서도 본 적이 없습니다."

앤은 하얀 서리가 내린 멋진 겨울 아침에 집으로 돌아왔다. 수면 부족으로 눈이 빨갰으나 아직도 입만은 피로한 기색을 보이지 않고, 끊임없이 매튜에게 말을 걸고 있었다. 그러나 매튜는 앤의 창백한 작은 얼굴과 눈 밑의 어두운 그림자를 보고 말했다.

"곧 자리에 들어가서 푹 쉬어라. 다른 일은 내가 다 하마."

이렇게 되어 앤은 오랫동안 푹 자게 되었다. 눈을 다시 떴을 때는 장밋빛 햇볕이 쬐는 하얀 겨울날의 오후였다. 부엌에 내려가 보니 앤이 자고 있는 동안에 돌아온 마릴라가 뜨개질을 하고 있었다.

"어머, 총리는 보셨어요? 어떻게 생겼던가요? 마릴라 아주머니?"

마릴라를 보자마자 앤이 소리쳤다.

"글쎄, 외모로 봐서는 전혀 총리 같지 않더라. 코가 어찌

179

나 우스꽝스럽던지. 그래도 연설 하나는 잘하더구나. 내가
보수당인 게 자랑스러웠어. 물론 린드 부인이야 자유당이
니 총리를 싫어했겠지만 말이다. 네 점심은 오븐 안에 있다.
앤, 찬장에서 자두 잼을 꺼내 먹으렴. 배고프겠다. 어젯밤
일은 매튜 오라버니에게 들었단다. 네가 방법을 알고 있어
서 천만다행이었다. 나도 후두염에 걸린 사람은 본 적이 없
어서 어쩌지 못했을 거야. 자, 점심 먹기 전에는 아무 말도
마라. 할 이야기가 산더미처럼 쌓여 있다고 네 얼굴에 쓰여
있기는 하다만 잠시 참아라."

마릴라도 앤에게 할 이야기가 있었지만 바로 말하지 않
았다. 앤이 그 말을 들었다가는 너무 흥분해서 식욕이니 점
심이니 하는 육체적인 문제는 깡그리 무시해버릴 게 뻔했
기 때문이었다. 마릴라는 앤이 접시를 다 비우고 나서야 비
로소 입을 열었다.

"오후에 배리 부인이 왔다 가셨다. 앤, 너를 만나고 싶어
했지만 난 너를 깨우고 싶지 않았어. 부인의 말로는 미니
메이의 목숨을 살린 사람이 바로 너라는 거야. 그리고 포도
주 문제로 너에게 무례한 짓을 해서 면목이 없다고 했다.

네가 다이애나를 일부러 취하게 하려고 한 것이 아니라는 것이 지금 비로소 납득했으니 그 일은 이제 모두 잊어버리고 다시 다이애나와 사이좋게 지내라고 말하더구나. 다이애나가 어젯밤에 심한 감기에 걸려 밖에 나오지 못한다니, 가고 싶으면 저녁에 한번 들르려무나. 이런, 앤 셜리, 제발 너무 흥분하지 마라."

이런 주의는 허사가 아니었다. 하늘에도 오를 듯한 표정으로 앤은 벌떡 일어섰다. 얼굴에는 마음속에서 타오르는 격정으로 환하게 빛났다.

"아! 마릴라 아주머니, 지금 곧 가도 좋아요? 접시를 닦지 않아도 좋아요?"

"그래, 좋다. 빨리 갔다 오렴."

마릴라는 앤의 어쩔 줄 모르는 표정에 살포시 미소를 지으며 했다.

"아니, 저런! 앤, 무엇이든 걸치고 가야! 모자도 외투도 걸치지 않고 가다니. 감기라도 걸리면 어떻게 하려고 그러는 거냐?"

앤은 자줏빛 땅거미가 질 무렵에 눈 덮인 하얀 길을 지나 춤추듯 집으로 돌아왔다. 앤은 말했다.

"여기 이렇게 서 있는 사람은 세상에 둘도 없는 행복한 인간이에요. 마릴라 아주머니, 저는 정말 행복해요. 그래요. 머리가 붉어도 괜찮아요. 배리 아주머니는 저에게 키스하고 울면서 잘못했다고 하시며, '은혜를 갚을 길이 없구나.'라고 말하셨어요. 저는 당황했지만 될 수 있는 대로 공손하게 말했답니다. '조금도 아주머니를 나쁘게 생각하지 않아요. 다시 말씀드리겠습니다만, 저는 결코 다이애나를 취하게 하려던 게 아니었어요. 그리고 지난 일은 망각의 장막으로 덮어버리겠어요.' 하고 말이죠. 꽤 품위 있게 말했죠. 그렇죠, 아주머니? 마치 원수를 은혜로 갚아 배리 아주머니의 잘못을 뉘우치게 하는 기분이었어요. 그리고 다이애나와 저는 행복한 오후를 보냈어요. 다이애나가 카모디에 있는 숙모에게서 배웠다며 멋진 코바늘뜨기를 가르쳐주었어요. 에이번리에서는 우리들밖에 몰라요. 아무에게도 알려주지 말자며 엄숙하게 맹세했어요.

우린 학교에 가면 필립스 선생님께 다시 함께 앉게 해달라고 부탁할 작정이에요. 거티 파이는 미니 앤드루스랑 앉으면 되니까요. 우린 우아하게 차를 마셨어요. 배리 아주머니가 제일 좋은 찻잔을 제 앞에 내놓아서 진짜 손님이 된 기분이었죠. 그 잔을 받았을 때 제 가슴이 얼마나 두근거렸는지 말로는 표현할 수가 없어요. 배리 아주머니는 제게 차를 더 마실 건지 물어보고는, '여보, 앤한테 비스킷을 좀 건네주실래요?' 하고 말씀하셨어요. 어른이 된다는 건 틀림없이 멋진 일일 거예요, 아주머니. 어른처럼 대접받는 것만으로도 이렇게 좋은걸요."

마릴라가 짧게 한숨을 쉬며 말했다.

"글쎄다. 난 잘 모르겠구나."

앤이 분명하게 말했다.

"아무튼 어른이 되면 저는 작은 소녀에게 이야기할 때도 어른에게 하듯 말할 거예요, 그 애들이 어른 같은 말투를 써도 결코 웃지 않을 거예요. 그게 얼마나 기분을 상하게 만드는 건지 경험을 통해 알고 있으니까요. 차를 마신 후 다이애나와 함께 사탕을 만들었어요. 다이애나와 저는 처음 만들어보는 거라 그렇게 잘 만들진 못했어요. 그러나 사탕을 만드는 일은 정말 재미있었어요. 돌아올 때 배리 아주머니는 되도록 자주 놀러오면 좋겠다고 말씀하셨어요. 다이애나는 제가 연인의 오솔길에 이를 때까지 창가에 서서 줄곧 키스를 보내주었어요."

백합 공주의 위험

겨울이 가고 봄이 오고 다시 6월이 되자, 필립스 선생은 에이번리 학교를 그만두고 떠났다. 앤은 흠뻑 젖은 손수건으로 눈물을 닦으며 학교에서 돌아와 마릴라로부터 놀림을 받았다.

"네가 그렇게 필립스 선생님을 좋아했는지 몰랐어. 눈물로 손수건을 두 장씩이나 적시다니."

그날 에이번리에는 새로운 목사 부부가 왔다. 지금까지 8년 동안 에이번리의 목사 일을 맡아 보았던 늙은 벤틀리 씨가 2월에 모든 사람이 애석하게 여기는 가운데 퇴직하고 가버렸으므로 그 후임으로 쾌활하고 젊은 신혼 초의 앨런 부부가 왔던 것이다.

　무엇으로도 비끄러 매어둘 수 없는 듯 세월은 흘러 앤은 열세 살이 되고 키가 큰 소녀로 훌쩍 자랐다. 앤과 다이애나 두 소녀는 벚나무 숲의 소꿉 집을 부숴버렸다. 열세 살이나 된 큰 소녀에게 놀이집 같은 것은 너무나 어린애 같은 장난이라고 생각되었기 때문이다.

　그래서 그 해 여름에 두 소녀는 주로 배리 씨 집의 호수 위나 호숫가에서 즐거운 나날을 보냈다. 다리 위에서 송어 새끼를 낚는 것도 재미있었고, 배리 씨가 오리 사냥을 할 때 쓰는 쪽배를 타고 그것을 젓고 다니는 일도 익혀 놓았다.

　그날은 앤과 다이애나 이외에 루비 길리스와 제인 앤드루스도 가담했다. 그리고 그해 겨울에 학교에서 배운 테니슨의 시 「일레인」을 극으로 해볼 것을 계획했다.

　"물론 네가 일레인이 되는 거야."

　다이애나가 앤에게 말했다.

　"나는 아무래도 거기까지 물에 떠내려갈 용기가 없어."

　"나도."

루비도 제인도 입을 모아 말했다.

"하지만 빨간 머리의 일레인이란 아무래도 이상해."

앤이 반대하고 나섰다.

"나는 배를 타고 가는 것이 무섭지도 않고 일레인이 되고 싶어 죽겠어. 하지만 어쩐지 이상해. 루비가 일레인이 되어야지, 살색이 희고 저렇게 길고 아름다운 금발을 가지고 있잖아. 봐, '일레인은 빛나는 머리카락을 소담하게 늘이고……'라고 쓰여 있잖아. 봐, 그리고 일레인은 일명 백합 공주라고 하잖아. 빨간 머리는 백합 공주가 될 수 없어."

다이애나는 열심히 역설했다.

"너는 루비만큼 얼굴이 희잖아. 그리고 네 머리는 전보다 훨씬 길어졌어."

"정말 그렇기는 해."라고 외치면서 앤은 볼을 붉혔다.

"나도 그렇게 생각할 때가 있지만……, 남에게 물어볼 용기가 없었어. 지금은 적갈색이라고 할 정도지, 다이애나?"

"그래, 그리고 정말 아름답다고 생각해."라고 다이애나는 말했다.

일동은 언덕 과수원 집 아래에 있는 호숫가에 서 있었다.

그곳은 호숫가에서 튀어나온 작은 땅이었고, 주위에는 벚나무들이 둘러싸고 있었다. 그 끝엔 어부나 오리 사냥꾼들을 위해 작은 나무로 발판이 만들어져 있었다.

소녀들은 작은 배를 이 나루터에서 힘껏 밀면 흐름을 타고 다리 밑을 빠져나가 아래쪽 호수의 만에 돌출한 땅에 표류하는 것을 알고 있었다.

몇 번이고 그렇게 해본 일이 있기 때문에 연극하는 데 이렇게 알맞은 경우도 거의 없었다.

"좋아. 내가 일레인 공주가 되지."

앤은 마지못해 승낙했다.

"루비, 넌 아서 왕 역을 맡아야겠어. 제인은 귀네비어 공주로, 다이애나는 랜슬롯이 되는 거야. 그리고 너희들은 먼저 일레인의 오빠와 아버지라는 사실을 명심해야 해. 이 작은 배에 모두 까만 비단을 깔아야 되는데 너의 어머니의 그 까만 숄이 꼭 맞을 것 같아. 다이애나, 괜찮겠니?"

다이애나가 까만 숄을 가지고 왔을 때, 앤은 그것을 작은 배 바닥에 펼치고 그것에 누워서 눈을 감고 두 손을 모아서 가슴 위에 얹었다.

"저것 봐. 정말 죽은 사람 같잖아?"

루비는 조용히 누워 있는, 작고 흰 얼굴을 쳐다보며 불안하게 말했다.

"어쩐지 무서워. 저, 너희들은 이런 일을 해도 좋으니? 연극이라는 것은 모두가 아주 나쁜 일이라고 린드 아주머니가 말씀하셨거든."

"루비, 이런 때 린드 부인의 얘기 따위는 안 하는 게 좋아."

앤이 정색을 하며 나무랐다.

"이 극은 린드 아주머니가 태어나기 몇백 년 전의 일이야. 제인, 네가 지시하는 거야. 일레인이 말을 하면 이상하잖아. 죽어 있는데……."

제인이 이 난국을 해결했다.

위에 걸친 황금빛 덮개는 없었으나 노랗고 낡은 피아노 덮개가 대용품이 되었다. 백합화도 없었으나 줄기가 긴 파란 아이리스를 앤의 맞잡은 손의 한 쪽에 쥐어주었더니 효과가 한층 더 두드러졌다.

"자아, 이러면 됐어."

제인은 말했다.

"우리는 앤의 이마에 조용히 키스를 하는 거야. 그리고 다이애나는 '언니, 영원히, 안녕.'이라고 말하는 거야. 그리고 루비는 '안녕, 아름다운 언니여.'라고 말하고 너희들 둘은 될 수 있는 대로 슬픈 표정을 짓지 않으면 안 돼. 응, 훨씬 좋아. 자, 배를 밀어."

작은 배는 오래 묻혀 있던 말뚝 위를 거칠게 부딪치며 앞으로 밀려 나갔다. 작은 배가 흐름을 타고 다리를 향해 내려가자, 다이애나 일행은 쏜살같이 달려 아래쪽으로 향했다. 여기서 세 소녀들은 각각 랜슬롯과 귀네비어 왕비와 아서 왕이 되어 백합 공주를 맞을 준비해야 했다.

잠시 동안 앤은 표류하면서 형언할 수 없는 낭만적인 기분에 젖어 있었다. 하지만 다음 순간에 낭만적이라고는 도저히 생각할 수 없는 사건이 일어났다. 작은 배의 밑바닥이 새기 시작한 것이었다. 아까 나루터에서 뾰족한 말뚝이 뱃바닥에 부딪쳤을 때, 바닥에 크게 금이 간 것이었다. 그 틈으로 물이 새어 들어왔다. 앤은 이런 이유는 알지 못했지만 자신이 위험에 빠졌다는 건 금세 알아차렸다. 이렇게 계속되면 아래쪽에 있는 땅에 도달하기 전에 작은 배는 가라앉을 것이 틀림없었다. 꼭 필요한 노는 나루터에 그대로 두고 왔다. 앤은 작은 비명을 질렀으나 누구의 귀에도 들리지 않았다. 입술마저 핏기가 가셨다. 그러나 침착성을 잃지는 않았다. 방법은 오직 한 가지뿐이었다.

"정말 무서웠어요."

다음 날 앤은 앨런 부인에게 말했다.

"작은 배가 다리 밑에 흘러 닿기 전이 얼마나 길게 생각되었는지 몰라요. 물은 자꾸만 차올라 왔어요. 정말 정성 들여 기도했어요. 그러나 눈은 감지 않았어요. 눈을 감는 것조차 두려웠으니까요. 하느님이 저를 살리는 데는 단 하나의 방법이 있었어요. 이 작은 배를 다리의 기둥이 있는 데로 몰고 가 제가 거기에 매달리는 방법뿐이란 걸 알았어요. 다리 기둥은 오래된 나무둥치로 되어 있어 옹이도 많고 울퉁불퉁하잖아요. 기도를 드릴 때도 눈을 뜨고 하지 않으면 안 된다고 생각했어요. 저는 그저 '제발, 하느님이 배를 다리 기둥에 닿게 해주십시오. 나머지 일은 제가 하겠습니다.'라고 몇 번이고 기도를 드렸어요. 하느님이 마침내 저의 기도를 들어주셨어요. 작은 배가 갑자기 다리 기둥 하나에 꽝 부딪친 순간, 저는 스카프와 숄을 어깨에 걸치고 툭 튀어나온 행운의 가지 위로 잽싸게 기어올랐어요. 더 이상 올라가지도 못하고 내려가지도 못하고 그저 그 미끈미끈한 다리 기둥을 꼭 붙잡은 채 그대로 있어야만 했어요. 그 모양은 정말 보기 흉한 것이었을걸요. 그때는 그런 생각을 할 때가 아니었어요. 물속의 무덤으로부터 도망치는 마당에 낭만을 운운하는 것은 아무런 문제가 되지 않았으니까요. 저는 곧 감사의 기도를 드리고 그 후에는 한사코 다리 기둥을 끌어안고 있었어요. 누가 나타나 도와주기 전에는 물 없는 육지로 되돌아갈 수 없었으니까요."

작은 배는 다리 밑을 흘러가서 바로 지켜보고 있는 앤의 눈앞에서 물 가운데로 가라앉고 말았다. 이미 아래쪽에서 기다리고 있던 루비 등 세 소녀는 작은 배가 없어지는 것을 보고 앤도 함께 가라앉았다고 생각했다.

세 소녀는 한동안 백지장처럼 하얘진 얼굴로 공포에 질

려 꼼짝도 못하고 서 있었다. 그러다가 갑자기 찢어질 듯한 비명을 지르며 미친 듯이 큰길 쪽으로 달려갔다. 불안한 발판 위에 필사적으로 매달려 있던 앤은 황급히 뛰어가는 친구들의 모습을 보았다. 이제 곧 구원의 손길이 닿을 터였지만 자세가 너무도 불편했다.

겨우 몇 분밖에 지나지 않았지만 불행한 백합 공주에겐 일 분이 한 시간 같았다. 이윽고 팔과 손목이 아파 더 이상 버티지 못하겠다고 생각한 순간, 길버트 브라이스가 앤드루스 씨의 낚싯배를 타고 다리 밑으로 노를 저어 오는 것이 아닌가!

길버트가 깜짝 놀라 위를 쳐다보았다. 경멸에 찬 하얗고 작은 얼굴이 겁에 질려 눈이 동그래지긴 했어도 여전히 무시하는 듯한 눈으로 자신을 내려다보고 있었다.

길버트가 소리쳤다.

"앤 셜리! 도대체 어쩌다가 그런 곳에 있는 거니?"

길버트는 대답도 기다리지 않고 기둥 가까이 배를 대고는 손을 내밀었다. 달리 방법이 없었다. 앤은 길버트 브라이스의 손을 붙들고 기다시피 배로 내려와서는 흙투성이 몰골에 잔뜩 화가 난 얼굴로 물이 뚝뚝 떨어지는 숄과 젖은 덮개를 안고 배 끄트머리로 가 앉았다. 이런 상황에서 체면을 차리기란 말도 못하게 어려운 일이었다.

"어떻게 된 거야? 앤."

앤이 자신을 구해준 사람은 쳐다보지도 않은 채 쌀쌀맞게 대답했다.

"우린 일레인 연극을 하고 있었어. 내가 배를 타고 캐멀롯까지 떠내려가기로 했어. 그런데 배가 새는 바람에 다리 기둥에 매달리게 되었던 거야. 친구들이 도움을 청하려고 갔어. 미안하지만 나루터까지만 데려다주겠니?"

길버트는 상냥하게 나루터로 배를 저어갔다.

앤은 길버트가 내미는 손은 본체만체하고 몸도 가볍게 물가로 뛰어올랐다.

"대단히 고마웠어."

앤은 거만하게 말하고 떠나려고 했다. 그러나 길버트도 배에서 내리더니 앤의 팔을 붙잡으며 다급하게 말했다.

"앤!"

앤을 바라보는 길버트의 눈에는 뭔가를 호소하는 간절

함이 깃들어 있었다.

"이봐, 우리 사이좋게 지낼 수 없을까? 그때 내가 너의 머리를 놀려낸 것은 정말 잘못된 일이라고 생각하고 있어. 너를 화나게 할 생각은 없었고, 그저 장난으로 그랬던 거야. 더욱이 이미 오래전 이야기가 아니니. 지금은 너의 머리를 꽤 예쁘다고 생각하고 있어. 정말 친구가 되고 싶어."

그 순간 앤은 주저했다. 분노로 거만하게 굴면서도 앤은 약간 수줍어했다. 열띤 표정을 담은 길버트의 연갈색 눈은 얼마나 멋지게 보이는가. 지금까지 없었던 묘한 기분을 느끼고 가슴이 울렁거렸다. 그러나 전에 화가 났던 때의 일이 생각나자 누그러진 결의도 다시 차갑게 굳어졌다.

"아니, 나는 너와 친구가 될 수 없어. 되고 싶지도 않고."

앤은 쌀쌀한 눈초리로 냉정하게 말을 던졌다.

"좋아!"

길버트는 무안으로 뺨을 붉히며 다시 작은 배에 올라탔다.

"이제는 두 번 다시 친구가 되어 달라고 부탁하지 않겠어, 앤 셜리, 나도 너 같은 애랑 친구가 되고 싶지 않아."

길버트가 거칠게 노를 저어 저만치 가버리자 앤은 단풍나무 아래로 양치식물들이 무성히 자란 길을 따라 언덕을 올라갔다. 고개를 힘껏 쳐들고 걷고 있었으나 어딘지 기묘한, 후회되는 감정이 몰려들었다. 길버트에게 그렇게 말하지 말걸 하는 생각마저 들었다. 물론 길버트는 앤에게 끔찍한 모욕을 안겨주었다. 하지만 그렇다고는 해도……. 앤은 차라리 주저앉아 울고 싶은 심정이었다. 겁에 질려 기둥에 꼭 매달려 있었던 탓에 기운이 하나도 없었다.

오솔길 중간에서 앤은 미친 듯이 호수로 달려오는 제인과 다이애나를 만났다. 언덕 과수원집에는 배리 부부가 모두 집을 비우고 없었다. 거기서 마침내 루비는 히스테리를 일으켰기 때문에 루비를 버려두고 제인과 다이애나는 숲과 시내를 건너 초록 지붕 집으로 달려갔다. 하지만 그곳에도 아무도 없었다. 마릴라는 카모디에 가고, 매튜는 뒷밭에서 건초를 만들고 있었던 것이다.

다이애나는 앤의 몸을 끌어안고 안도와 기쁨의 눈물을 쏟으며 숨을 헐떡였다.

"아, 앤! 우리는……, 네가 물에 빠져 죽은 줄 알

고……. 우리가 널 죽인 것이나 마찬가지라고 생각했어. 우리가……, 너를 일레인을 시켰잖아. 오, 앤. 어떻게 빠져나왔니?"

앤이 지친 목소리로 말했다.

"다리 기둥에 기어 올라갔어. 길버트 브라이스가 앤드루스 아저씨네 배를 타고 오다가 뭍에까지 데려다줬어."

마침내 숨을 고른 제인이 말했다.

"어머나, 앤. 길버트가 구해주다니? 어쩜 너무 낭만적이다! 그럼 이제 길버트하고 말을 하겠네."

또다시 옛날 생각이 떠오른 앤이 발끈하며 말했다.

"물론 말하지 않을 거야. 그리고 다시는 낭만적이니 뭐니하는 소리는 말아줘. 너희들을 놀라게 한 건 정말 미안해, 다이애나. 너희 아버지의 배가 가라앉아버렸으니, 이제 다시는 연못에서 배를 못 타게 하실 것 같은 예감이 들어."

앤의 예감은 적중했다. 이날 오후의 사건을 알았을 때의 배리 씨와 커스버트 씨 집의 소란은 말이 아니었다. 마릴라는 신음하며 중얼거렸다.

"대체 언제가 되어야 철이 들겠니, 앤!"

"이제 철이 들 거예요. 염려 마세요. 마릴라 아주머니."

앤은 활짝 갠 마음으로 대답했다. 동쪽 방에서 마음 내키는 대로 울어 신경도 이제 가라앉아 여느 때처럼 쾌활해졌기 때문이었다.

"철이 들고 있다는 것이 지금은 훨씬 확실해졌어요."

"그건 또 무슨 말이냐?"

"아주머니, 저 오늘 새로 아주 좋은 것을 배웠어요. 이 집에 온 뒤부터 실수만 거듭했는데, 그때마다 저의 결점이 나아졌어요. 오늘의 실패는 제가 너무 낭만적이라는 단점을 고쳐주었어요. 에이번리에서는 낭만을 찾으려고 해봤자 소용없다는 결론을 얻었어요. 탑이 있는 몇백 년 전의 캐멀롯이라면 몰라도 지금 시대에 낭만은 어울리지 않아요. 마릴라 아주머니."

마릴라가 긴가민가한 표정으로 말했다.

"나도 제발 그랬으면 좋겠구나."

하지만 한쪽 구석에 말없이 앉아 있던 매튜는 마릴라가 나가자 앤의 어깨에 손을 올리며 중얼거리듯 속삭였다.

"낭만을 완전히 버리지는 마라. 조금 정도라면 좋지 않겠

니? 물론 지나치면 안 되지만, 조금은 계속해야지, 앤. 조금
은 말이야."

퀸스 입시 반이 만들어지다

흐릿한 11월의 황혼이 초록 지붕 집에 내려앉으며 어둠
이 밀려들었고, 난로에서 타오르는 빨간 불꽃만이 부엌을
밝히고 있었다.

앤은 난로 곁 깔개 위에 둥글게 말고 앉아 타오르는 불
꽃을 응시하고 있었다. 읽고 있던 책을 마루에 떨어뜨리고
반쯤 열린 입술에 미소를 살포시 띤 채 앤은 공상에 빠져
있었다. 산뜻한 무지개와 같은 환상 속에서 번쩍이는 스페
인의 성이 나타났다. 그때부터 마음을 사로잡는 모험이 앤
에게 부딪쳐 왔다. 이 모험은 모두가 승리로 끝나고 현실
세계에서와 같이 앤을 곤경에 빠뜨리는 일은 결코 하나도

없었다.

마릴라는 사랑이 깃든 눈으로 앤을 바라보았다. 난롯불과 그림자가 부드럽게 어른거리는 곳보다 더 밝은 곳에서는 절대로 짓지 않는 그런 표정이었다. 마릴라는 사랑을 마음이나 표정으로 쉽게 표현하는 방법을 배운 적이 없었다. 하지만 겉으로 내색은 안 해도 더 깊고 강렬한 애정으로 이 잿빛의 빼빼 마른 여자아이를 사랑하게 되었다. 마릴라는 사실 앤에 대한 자신의 사랑이 도를 넘지나 않을까 걱정하고 있었다.

"앤, 조금 전 네가 다이애나와 놀러 나간 사이에 스테이시 선생님이 다녀가셨다."

스테이시 선생은 필립스 선생이 그만둔 뒤에 새로 온 선생이었고, 명랑하고 밝은 성격을 가지고 있어 곧 모든 학생의 존경의 대상이 되었다.

깜짝 놀란 앤이 공상에서 깨어나며 한숨을 쉬었다.

"스테이시 선생님이요? 어머, 자리를 비워서 미안해요. 저를 부르지 그러셨어요? 다이애나와 저는 바로 유령의 숲에 있었는데요. 그런데 스테이시 선생님은 왜 오셨어요?"

"네 얘기를 하러 오셨다. 스테이시 선생님은 상급반 학생들 중에서 퀸스 아카데미 입학시험을 치를 아이들을 모아 반을 만들고 싶다고 하더구나. 방과 후에 한 시간씩 과외수업을 할 생각이라고. 그래서 매튜 오라버니와 나한테 널 그 반에 넣고 싶은지 물어보려고 오셨던 거야. 네 생각은 어떠냐, 앤? 퀸스 아카데미에 진학해서 선생님이 되고 싶니?"

"어머나, 마릴라 아주머니!"

앤은 고쳐 앉은 후에 두 손을 꼭 쥐었다.

"그것은 바로 제 평생의 꿈이었어요. 최근 6개월 동안 말이에요. 루비와 제인이 입학시험 얘기를 꺼낸 후부터였어요. 하지만 저는 아무 말도 하지 않았어요. 도저히 안 될 것이라는 생각이 들었거든요. 저는 꼭 선생님이 되고 싶었어요. 하지만 돈이 너무 많이 드는 것 같아서……. 앤드루스 씨는 프리시가 학교를 마칠 때까지 150달러가 들었다고 해요."

"돈 문제는 걱정할 필요가 없다. 매튜 아저씨와 내가 너를 맡았을 때는 우리가 할 수 있는 최선을 다해서 교육시켜 줄 작정이었으니까. 여자에게도 필요가 있게 되든 안 되든

207

독립할 수 있는 능력을 마련해주는 것이 좋다고 생각한다. 매튜 아저씨와 내가 있는 한 초록 지붕 집은 언제나 너의 것이야. 그러나 한 치 앞도 모르는 게 세상일이니 미리 대비하는 게 좋지 않겠니? 그러니 너만 좋다면 입시 반에 들어가도록 해라, 앤."

"아, 마릴라 아주머니, 고마워요."

앤은 두 팔로 마릴라의 허리를 끌어안고 그녀의 얼굴을 애정 어린 눈길로 쳐다보았다.

"이렇게 감사한 일은 없어요. 열심히 공부해서 두 분의 자랑이 되겠어요. 너무 기대하지 마세요. 하지만 열심히 하면 다른 건 문제없을 거예요."

"넌 잘해낼 거야. 스테이시 선생님은 네가 똑똑하고 부지런하다고 하셨단다."

무슨 일이 있더라도 마릴라는 앤에 관해 스테이시 선생이 말한 것을 그대로 들려주고 싶지 않았다. 허영심을 부채질할까 염려되었기 때문이다.

"그렇다고 갑자기 책에만 붙어 있지 않아도 된다. 서두를 필요는 없으니까 말이다. 아직 시험까지는 일 년 반이라는 시간이 있잖아. 그러니 조금씩 시작해서 기초를 단단히 해두는 것이 좋을 거야."

"지금보다 훨씬 공부하는 데 신이 날 것 같아요."

앤은 기쁜 듯이 말했다.

"평생의 목표가 생겼거든요. 사람이라는 것은 모두 일생의 목표를 가지고 어디까지나 그것을 관철하지 않으면 안 된다고 앨런 부인이 말씀하셨어요. 그러나 그 목표가 가치가 있는지 어떤지를 확인한 다음부터야 된다고 하셨어요. 스테이시 선생님 같은 선생이 되는 것은 가치 있는 목표일 거예요. 퍽 고상한 직업일 거라고 생각해요."

곧 퀸스 입시반이 편성되었다. 길버트 브라이스, 앤 셜리, 루비 길리스, 제인 앤드루스, 조시 파이, 찰리 슬론, 무디 스퍼전 맥퍼슨이 그 반에 들어갔다. 다이애나 배리는 부모님의 반대로 빠졌다.

이것은 앤에게는 불행이나 다름없었다. 어린 미니 메이가 후두염에 걸렸던 밤부터 앤과 다이애나는 무엇이든지 같이 나누어 왔었다. 퀸스 입시 반이 과외수업을 위해 학교에 남은 첫날 저녁, 앤은 다이애나가 다른 아이들과 함께 천천히 교실을 나가는 모습을 바라보았다. 앤은 저도 모르게 다이애나를 따라가고 싶은 충동이 일었지만 묵묵히 자리를 지킬 수밖에 없었다.

앤은 흐르는 눈물을 감추기 위해 황급히 라틴어 문법책을 들어 얼굴을 가렸다. 길버트 브라이스나 조시 파이에게 눈물을 보이고 싶지 않았다. 이런 슬픔도 있었지만 겨울의 나날들은 유쾌하게 지나갔고 앤은 전심전력으로 공부에 열중했다. 앤은 행복했다. 재미있는 책을 읽었고 주일 학교 합창부에서 노래 연습도 했다. 목사 댁의 앨런 부인이 있는 곳에서 즐겁게 토요일 오후를 보낸 것도 한두 번이 아니었다.

앤도 모르게 봄이 또다시 초록 지붕 집에 찾아오고 온 세상은 다시 꽃들로 덮이게 되었다. 수험 준비는 조금 지루해졌다. 다른 학생들이 푸른 오솔길이나 목장 깊은 쪽으로 흩어져가는 모습을 창 너머로 쳐다보고 있을 때, 라틴어의 동사나 프랑스어의 문제는 어딘지 모르게 흥미가 없어져버렸다. 그처럼 공부만 하던 앤과 길버트도 싫증을 느꼈다. 곧 학기가 끝나고 방학이 눈앞에 닥쳤을 때 선생님도 학생들과 같이 안도의 숨을 쉬었다.

스테이시 선생은 마지막 날 저녁에 일동에게 말했다.

"여러분은 지금까지 열심히 공부를 했으니 신나게 방학을 보낼 자격이 있어요. 밖에서 마음껏 뛰어 놀면서 다음 학년을 위한 건강과 활기와 포부를 가득 채우도록 하세요. 입학시험을 앞둔 마지막 결전의 시기가 될 테니까요."

"새 학기에도 우리를 가르쳐주실 건가요, 선생님."

조시 파이가 물었다. 조시 파이는 어떤 질문이든 주저하는 법이 없었고, 아이들은 이 순간만큼은 조시 파이에게 고맙다는 생각을 가졌다. 얼마 전부터 이상한 소문이 돌기 시작하여 모든 학생이 걱정하고 있었다. 그 소문이란 스테이시 선생이 고향 마을의 학교에 초빙되었고 그것을 받아들여 내년에는 에이번리를 떠날 것이라는 이야기였다. 퀸스 입시반 아이들은 숨을 죽인 채 조마조마한 마음으로 선생의 대답을 기다렸다.

"네, 그럴 생각이에요. 다른 학교에 가려고 생각했지만, 학기가 끝날 때까지 에이번리에 남기로 했어요. 사실대로 얘기한다면 여러분에게 마음을 빼앗겨 떠날 수가 없었답니다. 그래서 계속 여러분의 공부를 도울까 해요."

"야호!"

무디스퍼전이 신기하게 감정을 드러냈다. 그 후 1주일 동안 그는 이 일을 생각할 때마다 어색한 듯이 얼굴을 붉혔다.

그날 밤 집에 돌아온 앤은 교과서를 모두 다락방의 한 가방에 집어넣고 자물쇠를 채우고는 열쇠를 모포 상자 속에 넣어버렸다.

"놀 때는 학교 책을 들여다보지 않기로 했어요."

앤은 마릴라에게 말했다.

"학기 동안 줄곧 열심히 공부를 했기 때문에 이제 이론을 늘어놓는 일은 진저리가 나고 말았어요. 이번 여름은 정말 즐겁게 보내고 싶어요. 아마 어린이로서의 마지막 여름이 될지도 모르니까요."

다음 날 오후에 린드 부인이 마릴라가 왜 목요일 봉사회 모임에 나오지 않았는지 궁금해서 찾아왔다. 마릴라가 봉사회 모임에 빠졌다는 것은 초록 지붕 집에 무슨 문제가 있다는 뜻이었다.

마릴라가 설명했다.

"목요일에 매튜 오라버니가 심한 발작을 일으키는 바람

에 오라버니를 두고 갈 수가 없었어요."

마릴라는 근심스러운 표정으로 설명했다.

"그러나 이제는 완전히 나았어요. 그래도 전보다 자주 발작이 일어나서 걱정이 돼요. 의사들은 기분을 자극하는 일은 피해야 된다고 말했지만, 매튜는 절대로 스스로 자극을 탐하는 사람은 아니거든요. 그리고 힘든 일을 하지 말라는 얘기예요. 그러나 매튜에게 일을 하지 말라고 얘기하는 것은 숨을 쉬지 말라는 얘기와 똑같으니 그게 문제지요. 들어와서 외투를 벗어요. 레이첼, 차 한잔 들겠어요?"

"그럼 차 한잔 들고 갈까요?"

한번 빼보았으나, 린드 부인이 차를 마시지 않고 그냥 간다는 것은 평소에 없는 일이었다.

린드 부인과 마릴라가 좋은 기분으로 객실에 앉아 있는 동안 앤은 차를 끓이고 따뜻한 비스킷을 만들었다. 그 비스킷은 까다로운 린드 부인도 흠잡을 데가 없을 정도로 포슬포슬하고 하얗게 잘 구워졌다.

해질 무렵, 오솔길 끝까지 자신을 배웅해준 마릴라에게 린드 부인이 고개를 끄덕이며 말했다.

"앤은 정말 훌륭한 아이로 자랐어요. 마릴라에게 큰 도움이 되겠어요."

"그래요. 지금은 아주 침착해져서 의지가 돼요. 무엇을 하든지 안심하고 맡길 수 있어요."

"3년 전에 왔을 때는 저 애가 이렇게 될 줄이야 생각이나 했겠어요?" 하고 린드 부인이 말했다.

"바락바락 대들던 그 고약한 성질머리를 어떻게 잊겠어요? 난 그날 밤 집에 돌아와서 남편에게 말했어요. '두고 보세요, 토마스. 마릴라 커스버트는 자기가 한 일을 후회하게 될 거예요.'라고 말이죠. 하지만 내가 잘못 본 것이니 얼마나 다행이에요. 마릴라, 난 실수를 하고도 인정하지 않는 그런 사람은 절대 아니에요. 네, 그렇고말고요. 내가 앤을 잘못 보기는 했지만 그러는 것도 무리는 아니었잖아요. 세상에 그렇게 희한하고 엉뚱한 아이가 또 어디 있겠어요? 다른 아이들과 같은 잣대로는 판단할 수 없는 아이예요. 3년 동안 앤이 얼마나 나아졌는지 정말 놀라워요. 특히 외모가 말이죠. 난 다이애나 배리나 루비 길리스처럼 생기 있고 볼이 발그레한 아이들이 좋아요. 특히 루비 길리스가 아주 돋

보이더군요. 하지만 왜 그런지는 몰라도 앤이 그 애들이랑 함께 있으면 외모는 처지면서도 왠지 다른 아이들이 평범하고 지나치게 꾸미고 있다는 느낌이 들어요. 말하자면 빨간 작약과 나란히 있는 흰 수선화 같다고나 할까요."

꿈같은 날

앤은 여름을 마음껏 즐기며 보냈다. 마릴라는 앤이 그렇게 나돌아 다녀도 아무런 잔소리를 하지 않았다.

방학 초 어느 날 오후, 미니 메이가 후두염을 앓던 날 밤에 왕진을 왔던 스펜서 베일의 의사가 한 환자의 집에서 앤을 만나 유심히 보고는 입을 일그러뜨리며 고개를 젓더니 사람을 시켜 마릴라 커스버트에게 이런 말을 전해 왔다.

"댁의 빨간 머리 여자아이가 여름 동안 바깥 공기를 많이 쐴 수 있게 하고, 좀 더 활기차게 걸을 때까지 책을 읽지 못하게 하십시오."

이 말을 듣고 마릴라는 덜컥 겁이 났다. 그 말대로 하지 않으면 앤이 쇠약해져 죽는다는 의미로 받아들였던 것이다. 앤은 마음껏 뛰어놀고 자유로움을 만끽했고 더할 나위 없이 행복한 여름을 보냈다. 산책, 노 젓기, 딸기 따기, 공상 등 갖가지의 자유로운 생활을 보냈으므로 9월이 되었을 때는 눈빛엔 생기가 반짝이고 몸집은 민첩해지고 가슴은 다시 한 번 포부와 열의가 넘쳐흐르게 되었다.

"저는 또다시 전력을 다해 공부하고 싶어졌어요."

다락방에서 책을 가지고 내려오며 앤이 말했다.

에이번리 학교에 돌아온 스테이시 선생은 학생들이 다시 열심히 공부하려는 것을 보았다. 특히 퀸스 반 아이들의 각오는 대단했다. 이미 그들 앞에 무서운 입학시험이라는 검은 그림자가 보이기 시작했기 때문이었다.

만일 합격하지 못한다면 어떻게 될까? 이런 생각이 그해 겨울 동안 앤의 마음을 사로잡았다. 하지만 겨울은 유쾌하게 바쁘고 즐겁게 날아가듯 지나갔다.

봄이 되어 산들바람이 불기 시작하고 파랗게 갠 하늘과 싹트기 시작한 풀과 나무가 앤의 마음을 끌었다. 그러나 앤은 아쉬워하면서도 그것들로부터 눈을 떼고 마음을 모아 공부에 열중하려고 했다. 봄은 몇 번이고 돌아올 것이지만 만일 입학시험에 떨어진다면 절대로 그 봄을 즐길 수 없게 된다고 앤은 생각했다.

6월이 끝남과 동시에 학기도 끝이 나고, 스테이시 선생도 에이번리 학교를 떠나게 되었다. 그날 오후 앤과 다이애나는 무거운 기분으로 집으로 향했다. 붉게 충혈된 눈과 흠뻑 젖은 손수건으로 보아 스테이시 선생의 작별 인사가 3년 전 필립스 선생의 인사 못지않게 감동적이었던 게 분명했다. 다이애나가 가문비나무 언덕 밑에서 학교를 내려다보며 한숨을 깊게 내쉬었다.

"모든 게 끝난 것 같아. 안 그러니?"

앤이 젖은 손수건에서 부질없이 마른 부분을 찾으며 대꾸했다.

"그래도 나만큼 슬프지는 않을 거야. 새 학기가 시작되면 넌 다시 학교에 올 거잖아. 하지만 난 정든 학교를 영원히 떠나는 거야. 물론 운이 좋을 때의 이야기지만."

"하지만 조금도 같지 않을 거야. 스테이시 선생님도 안 계시고, 어쩌면 너도, 제인도, 루비도 없을 테니까. 난 혼자 앉아야 할 거야. 너 말고 다른 짝은 도저히 상상할 수가 없어. 아, 그동안 정말 즐거웠는데, 그렇지, 앤? 좋은 시절이 이제 다 갔다고 생각하니 미칠 것만 같아."

커다란 눈물방울이 다이애나의 뺨을 타고 흘러 떨어졌다.

앤이 애원하듯 말했다.

"제발 울지 마. 그러면 내 눈물도 그치질 않아. 그래도 기운은 차려야지. 린드 아주머니 말씀대로, 기운이 나지 않더라도 최대한 기운을 차리도록 노력하자. 어쨌든 난 다음 학기에 돌아올지도 몰라. 지금도 난 내가 합격하지 못할 거라는 느낌이 드는걸. 불안하게 자꾸 그런 생각이 들어."

"넌 스테이시 선생님의 모의시험을 훌륭하게 치렀잖아."

"그러나 그때는 마음이 안정되어 있었거든. 진짜 시험 때는 그렇게 안 될 거야."

"나도 너하고 같이 갔으면 얼마나 좋을까?"

다이애나가 말했다.

"하지만 그렇게 하려면 지금부터 매일 밤 벼락공부를 하지 않으면 안 되겠지."

"아냐. 스테이시 선생님은 우리들에게 이제는 더 이상 책

을 펼치지 말라고 하셨어. 그러면 그저 피로한 머리를 혼란

시켜서 더 해가 된다고 하셨거든"

"거기 가 있는 동안 편지할 거지, 응?"

"내가 화요일 밤에 첫날 시험이 어땠는지 편지할게."

앤이 약속했다.

"그럼 난 수요일에 우체국에 꼭 붙어 있어야지."

앤은 다음 월요일에 샬럿타운으로 떠났고 약속한 대로

화요일에 다이애나에게 편지를 썼다. 그 편지에는 시험의

정도와 같이 간 에이번리 학생들의 모습이 자세히 적혀 있

었다.

기하학 시험과 나머지 시험을 모두 치르고 앤은 금요일

저녁에 집으로 돌아왔다. 그렇게 피곤해 보이지는 않았으

나 전력을 다했다는 뚜렷한 만족감이 엿보였다. 앤이 초록

지붕 집에 도착하니 다이애나가 기다리고 있었고, 둘은 몇

년 만에 다시 만난 것처럼 기뻐했다.

"그리운 친구야, 다시 돌아와서 얼마나 기쁜지 모르겠

어! 네가 시내에 나간 후 몇 년이 지난 것 같아. 그래, 시험

은 잘 치렀니?"

"기하학만 빼놓고는 잘 본 것 같아. 합격할지 못할지는 모르겠지만 왠지 떨어질 것 같은 불길한 예감이 들어. 아, 어쨌든 돌아와서 너무나 기뻐. 세상에 초록 지붕 집만큼 소중하고 아름다운 곳은 없어.

"다른 애들은 어떻대?"

"여자 애들은 떨어질 게 뻔하다고 말하지만 내 생각에는 다들 잘 본 것 같아. 조시는 기하가 열 살짜리도 풀 수 있을 만큼 쉬웠다지 뭐야. 무디스퍼전은 역사 때문에 걱정이고, 찰리는 대수를 망쳤대. 하지만 합격자 명단이 발표되기 전에는 아무도 모르는 일이지. 앞으로 2주 남았어. 불안에 떨면서 2주를 보내야 하다니! 차라리 그때까지 잠들어 깨어나지 말았으면 좋겠어."

다이애나는 길버트 브라이스 소식은 물어봤자 소용없다는 것을 알고 이렇게만 말했다.

"넌 꼭 합격할거야. 걱정하지 마."

"좋은 성적으로 합격하지 못할 바엔 차라리 떨어지는 게 나아."

길버트 브라이스보다 뒤처진다면 합격해봐야 마음에 차

지도 않고 오히려 괴로울 거라는 뜻으로 앤이 눈을 빛내며 말했다. 다이애나도 앤의 그런 속내를 알고 있었다.

시험 내내 앤은 그 생각으로 한시도 긴장을 늦추지 않았다. 그것은 길버트도 마찬가지였다. 두 사람은 수없이 마주쳤지만 아는 척도 하지 않았고, 그때마다 앤은 고개를 빳빳이 쳐들었다. 길버트가 친하게 지내자고 했을 때 뿌리쳤던 일이 못내 아쉬우면서도 시험에서 길버트를 앞질러야겠다는 마음을 더욱 굳게 가졌다. 둘 중 누가 1등을 차지할지가 에이번리 아이들의 관심사라는 건 앤도 알고 있었다. 지미 글로버와 네드 라이트는 그 일로 내기까지 걸었고, 길버트가 이길 게 뻔하다고 조시 파이가 말했다는 것도 알고 있었다. 그러나 떨어진다면 그 수치심을 도저히 견뎌내지 못할 것 같았다.

하지만 결과가 좋기를 바라는 앤의 마음에는 더 갸륵한 뜻이 담겨 있었다. 앤은 매튜와 마릴라를 위해, 특히 매튜를 위해 우수한 성적으로 합격하고 싶었다. 매튜는 앤이 섬 전체에서 일등을 할 거라고 확신에 차서 말했다. 그것은 꿈조차 꿀 수 없는 일이라고 앤은 생각했다. 하지만 적어도 10

등 안에는 들기를 간절히 바랐다. 그러면 매튜의 다정한 갈색 눈이 자랑스럽게 빛나게 될지도 몰랐다. 그것은 앤이 그동안 힘들게 노력하고 방정식이나 동사 변화같이 상상력과는 거리가 먼 문제들을 참아가며 꿋꿋이 공부한 데 대한 달콤한 보상이 될 터였다.

2주일이 끝날 무렵에는 앤도 조시나 루비와 같이 안절부절못하는 패와 함께 우체국을 들락거리며 떨리는 손으로 《샬럿타운 일보》를 펼치고 입학시험 당시와 다름없이 땅속으로 꺼지는 기분을 맛보았다. 길버트도 마찬가지였다.

3주일이 지나도 결과는 발표되지 않았다. 앤의 긴장감은 극도에 달했다. 식욕도 떨어지고 에이번리에서 일어나는 일도 시들하니 재미가 없었다.

그러던 어느 날 저녁, 마침내 소식이 왔다. 앤은 시험의 고통도 이 세상의 노고도 잊은 채 창가에 앉아 기분 좋은 여름날의 황혼의 아름다움에 흠뻑 취해 있었다. 그때 다이애나가 손에 든 신문을 펄럭거리며 전나무 숲을 지나 통나무 다리를 건너 비탈길을 올라오는 모습이 보였다.

그 신문이 무엇인지 곧바로 알아차린 앤이 자리에서 튀

듯이 일어났다. 합격자 명단이다! 머리가 빙빙 돌고 심장이 아프도록 쿵쾅거렸다. 한 발짝도 움직일 수가 없었다. 다이애나가 복도를 지나 흥분한 나머지 노크도 없이 방으로 뛰어 들어오기까지 한 시간은 지난 것 같았다.

다이애나가 외쳤다.

"앤 합격이야! 그것도 1등으로 말이야! 너하고 길버트가 동점이야. 그런데 네 이름이 먼저 나왔어. 아, 네가 너무 자랑스러워!"

다이애나가 숨이 막혀 더 이상 말을 못하겠는지 신문을 탁자 위에 던지고는 침대에 그대로 누워버렸다. 앤은 너무 손이 떨려 성냥갑을 엎었고, 성냥을 여섯 개비나 쓰고서야 겨우 램프에 불을 붙였다. 그리고 신문을 들었다. 앤은 합격했다. 그것도 2백 명 중에서 선두로 이름이 적혀 있었다. 이 순간이야말로 살아 있는 보람을 느꼈다.

다이애나가 기운을 차리고 일어나더니 숨을 몰아쉬며 말했다.

"정말 잘했어, 앤!"

앤은 꿈꾸는 듯한 눈으로 넋이 나가 한마디도 못했다.

"아버지가 브라이트 리버에서 이 신문을 가지고 오신 지 10분도 되지 않았어. 이것은 오후 차로 왔으니까 여기에는 내일 우편으로 올 거야. 나는 발표를 보자마자 미친 사람처럼 달려왔어. 모두 붙었다고. 역사 시험을 다시 쳐야 하긴 하지만 무디스퍼전도 합격이야. 제인과 루비도 아주 잘했어. 등수가 중간 이상이거든. 그건 찰리도 마찬가지고 조시는 3점차로 위험했지만 앞으로 보라고, 마치 1등이라도 된 것처럼 으스대고 다닐 테니까. 스테이시 선생님이 얼마나 기뻐하실까? 오오! 앤, 1등이 되어서 어떤 기분이 들어? 나 같으면 기뻐서 미쳐버릴 거야. 그런데 넌 어째 봄날 저녁처럼 그렇게 조용하고 차분한 거니?"

"마음속은 안 그래. 말하고 싶은 것이 산더미처럼 있지만 그것이 말로 나오지를 않아. 잠깐 실례할게, 다이애나. 들에 나가 계신 매튜 아저씨께 알려드리고 싶어."

두 사람은 헛간 아래에 있는 건초 밭에서 건초를 쌓고 있는 매튜에게로 뛰어갔다. 마침 린드 부인이 길가 울타리에서 마릴라와 이야기를 나누고 있었다.

앤이 외쳤다.

"오! 매튜 아저씨, 저 합격했어요. 1등으로, 아니 1등 중의 한 명으로요. 자랑하는 건 아니지만 너무 기뻐요."

"그렇구나. 내가 늘 말했던 대로구나."

매튜가 합격자 명단을 기쁜 얼굴로 들여다보며 말했다.

"네가 1등을 하리라고 나는 굳게 믿고 있었다."

"꽤 잘했구나, 앤."

마릴라는 앤이 말할 수 없을 정도로 자랑스러우면서도 흠잡기 좋아하는 린드 부인의 눈치를 보느라 애써 마음을 감추며 말했다. 하지만 마음씨 좋은 린드 부인은 진심으로 이렇게 말하고 말았다.

"정말 장하구나, 앤. 이런 일은 아낌없이 칭찬해줘야 해요. 앤, 친구들 사이에 자랑거리가 되었구나. 우리 모두의 자랑이다."

그날 밤 목사관에서 앨런 부인과 함께 진지한 이야기를 나누는 걸로 이 기쁜 저녁을 마무리한 앤은 열린 창 가득 비쳐드는 찬란한 달빛을 받으며 기분 좋게 무릎을 꿇고 앉아 마음에서 우러나오는 감사와 소망의 기도를 올렸다. 그것은 과거에 대한 감사와 미래에 대한 경건한 소망이 담긴

기도였다. 그러고는 하얀 베개 위에 머리를 묻고 어엿한 처녀가 꿈꿀 법한 순수하고 밝고 아름다운 꿈에 빠져들었다.

퀸스의 여학생

그 후 3주일간 초록 지붕 집은 몹시 바빴다. 앤의 퀸 학원 입학 준비 때문이었다. 앤의 준비물은 아름다운 것들뿐이었다. 매튜가 이것저것 신경을 썼기 때문이었다. 마릴라는 이번만은 매튜가 무엇을 사오든지 하나도 반대하지 않았다. 그것뿐만 아니라 어느 날 저녁때 마릴라는 아름다운 푸른색 옷감을 한아름 안고 동쪽 방에 들어와서는 이렇게 말했다.

"앤, 널 위해 얇고 멋진 드레스를 만들까 한다. 이미 예쁜 옷을 많이 가지고 있으니 별로 필요치 않을지도 모르겠지만, 도시에서 저녁 파티라도 초대받을 때는 너도 우아한 옷이 필요할 것이라는 생각이 들어서 말이다. 제인과 루비와 조시도 이브닝드레스인가 뭔가 하는 걸 장만했다고 들었거든. 나도 너를 남에게 빠지게 하고 싶지는 않아. 이건 지난 주 앨런 부인과 시내에서 같이 고른 것이야. 그리고 에밀리 길리스에게 맞출 예정인데, 어떠냐? 에밀리는 안목도 좋고, 솜씨 역시 비길 데가 없단다."

"어머, 아주머니, 너무 예뻐요. 이러니 점점 떠나기가 힘들어지잖아요."

푸른 이브닝드레스가 완성되었다. 에밀리는 자신의 뛰어난 감각을 살려 될 수 있는 대로 많은 장식을 단 드레스를 만들어 왔다.

앤은 어느 날 밤 매튜와 마릴라를 위해 그 옷을 입고 부엌에서 처녀의 맹세를 암송해주었다. 그 명랑하고 기운찬 얼굴과 품위 있는 몸가짐을 보고 있는 동안에 마릴라의 생각은 앤이 초록 지붕 집에 처음 도착한 그날 밤으로 되돌아갔다.

누르스름한 황갈색의 형편없는 원피스 차림에 눈에는 눈물이 그렁그렁한 채 상심한 얼굴로 두려움에 떨던 별난

아이의 모습이 눈앞에 생생히 그려졌다. 어느새 마릴라의 눈에서도 눈물이 흘러나왔다.

"어머나, 저의 암송 때문에 우시는군요, 아주머니. 오늘의 암송은 완전 성공이네요."

앤은 유쾌하게 말하고 몸을 굽히며 마릴라의 뺨에 키스를 했다.

"너의 암송 때문에 운 게 아니야."

마릴라는 말했다. 하찮은 시로 그렇게 약한 마음을 보인다는 것은 마릴라가 대단히 경멸하는 일이었다.

"그저 너의 어릴 때 일이 생각나서 그런 것뿐이야, 앤. 엉뚱한 짓을 해도 좋으니 계속 아이로 머물러 있었으면 좋겠다고 말이야. 어느새 이렇게 커서 집을 떠나야 하다니. 넌 키도 크고, 맵시도 있고, 그 드레스를 입으니 아주 딴사람 같구나. 에이번리 사람이 아닌 것 같아. 그런 생각을 하니 왠지 쓸쓸한 기분이 들어서 말이야."

"아주머니."

앤이 마릴라의 무릎에 앉아 두 손으로 주름진 얼굴을 감싸고는 진지하고 다정하게 눈을 바라보았다.

"저는 조금도 변하지 않았어요. 정말이에요. 그저 가지를 치고 새 가지를 쳤을 뿐이에요. 초록 지붕 집에 있는 제 모습은 한결같아요. 제가 어디를 가든 겉모습이 어떻게 변하든 전 조금도 변하지 않아요. 마음속엔 항상 어린 앤이 있어서 마릴라 아주머니와 매튜 아저씨의 정겨운 초록 지붕 집을 날마다 더욱더 사랑할 거예요."

앤은 젊고 싱그러운 뺨을 마릴라의 마른 볼에 비볐고 한 손을 뻗어 매튜 아저씨의 어깨를 쓰다듬었다. 마릴라가 이 때의 기분을 앤과 같이 표현할 수 있었다면 모든 것을 제쳐 놓고 그렇게 하고 싶었겠지만 성격과 습관 때문에 마릴라 는 그저 두 팔로 앤을 부드럽게 안으며 떠나보내지 않으면 얼마나 좋을까 하고 바라기만 했다.

눈가가 촉촉하게 젖어오자 매튜가 자리에서 일어나 밖으로 나갔다. 별빛 총총한 여름 밤하늘 아래에서 매튜는 뜰을 지나 포플러 나무가 있는 대문까지 비척비척 걸어갔다.

"그렇지. 저 애를 저렇게 귀여워해주지도 못했지."

매튜는 만족한 듯이 중얼거렸다.

"내가 가끔 잔소리를 했어도 결국 그 애가 그렇게 귀찮은 존재는 아니었지. 저 애는 영리하고 깨끗하고 무엇보다도 애정이 있었어. 저 애는 우리에게는 축복이야. 스펜서 부인이 저지른 실수처럼 좋은 실수는 없을 거야. 하지만 이건 운으로만 말할 수 있는 문제가 아니야. 우리에게 저 아이가 필요하다는 걸 아셨던 전능하신 하느님의 뜻이었던 게지."

마침내 앤이 도시로 떠나야 하는 날이 왔다. 어느 화창한 9월 아침, 앤은 다이애나와 눈물을 흘리며 작별 인사를 하고, 마릴라와는 눈물 없는 무미건조한 인사를 나눈 후 매튜와 함께 마차를 타고 길을 나섰다. 하지만 앤이 떠나자 다이애나는 눈물을 닦고 사촌 동생들과 함께 화이트 샌즈 바닷가로 소풍을 가 그럭저럭 슬픔을 달랜 반면, 마릴라는 하루 종일 쓰라린 가슴을 안고 굳이 안 해도 될 일까지 찾아가며 지독하게 매달렸다.

그날 밤 잠자리에 들었을 때 동쪽 방에 이제는 활발한 딸의 모습이 없다고 생각하니 참을 수 없이 비참한 기분이 들어 베개에 얼굴을 파묻고 슬프게 울기 시작했다.

한편 앤과 그 밖의 에이번리의 학생들은 제 시간에 샬럿 타운에 도착한 후 서둘러 학교로 갔다.

237

첫날은 흥분의 도가니 속에서 지내고, 모든 신입생들과 첫인사를 하고 선생을 소개받고 반을 편성했다. 앤은 스테이시 선생의 권고대로 1년의 과정을 밟을 작정이었다. 길버트도 그러했다. 그것은 성적이 좋으면 교원 면허를 받기까지 2년 걸리는 것을 1년에 따는 것이었다. 그러나 그 대신 공부도 괴로웠다. 다른 사람들은 그런 야심이 없었으므로 2년 과정을 잡고 만족하고 있었다.

앤은 50명의 학생들과 함께 교실에 들어갔을 때 참을 수 없이 쓸쓸해졌다. 그중에 한 사람도 아는 사람이 없었다. 그렇지만 교실 저쪽에 있는 키가 큰 갈색 머리의 소년은 문제였다. 앤은 그 소년을 알고 있다고는 하지만 별로 크게 도움이 되는 것은 아니라고 생각되어 비관했다. 그래도 앤은 둘이 같은 반에 있는 것이 기뻤다. 지금까지의 경쟁이 여전히 계속되고 있기 때문이었고, 이것으로 하나의 목표가 생긴 셈이 되었다.

"길버트는 굳게 결심을 하고 있는 것 같아. 꼭 메달을 따려고 결심한 모양이야. 제인도 루비도 1년 과정에 있었으면 좋았을 텐데. 모든 학생이 친구가 된다면 지금같이 남의 집

지붕에 있는 고양이 같은 기분이 들지 않을 거야. 여기 있
는 어떤 소녀와 친구가 될 수 있을까? 저 갈색 눈을 하고 빨
간 블라우스를 입은 아이의 인상이 좋아. 무척 건강해 보이
는 아이야. 그리고 저 창문에서 밖을 내다보고 있는 창백한
아이도 좋아 보여. 아름다운 머리를 하고, 멋진 상상의 나
래도 펼 수 있는 것 같은데. 저 두 애와 친하고 싶어. 그러나
지금은 서로 모르는 사이잖아. 아, 쓸쓸해."

　그날 밤 아직 저녁노을이 가시지 않았을 때, 자기 침실에
혼자 있던 앤은 더욱 쓸쓸했다. 앤은 다른 소녀들과 숙소가
달랐다. 앤은 다이애나 아버지의 큰어머니가 되는 조세핀
배리 아주머니가 알선해 준 하숙집에 들었다. 조세핀 여사
는 배리 집에 왔을 때 앤을 알았고, 매우 마음에 들어 이번
에 자기 집에 묵게 하고 싶었으나 학교에서 멀어서 앤을 위
해 일부러 하숙집을 골라주었다.

　앤은 슬픈 눈으로 우중충한 벽지에 그림 한 점 없는 벽,
작은 철제 침대와 빈 책상이 놓인 작고 좁은 방을 둘러보았
다. 초록 지붕 집의 자기 방이 생각나 목이 울컥 메었다. 그
때 마침 조시 파이가 찾아왔다. 곧이어 제인도 찾아왔다. 앤

은 향수병의 고통에서 구제되어 셋이서 이야기를 시작했다. 학교 이야기, 에이번리 얘기를 하고 있는 동안에 조시가 말했다.

"퀸스 아카데미에도 결국 에이브리 장학금이 나오기로 했대. 오늘 그 통지가 왔어. 학교에서는 내일쯤 발표가 되는 것 같아."

에이브리 장학금? 그 순간 앤은 가슴이 두근거리고 야심의 지평선이 당장에 펼쳐지는 것을 느꼈다. 조시가 이 소식을 전하기 전까지 앤의 최고의 야심은 1년 뒤에 1급 교사 자격증을 따고 가능하면 금메달을 받는 것뿐이었다. 그러나 지금 한순간에 앤의 목표는 바뀌었다. 자기가 에이브리 장학금을 타서 레드먼드 대학 문과 과정을 수료한 다음 가운과 학사모를 쓰고 졸업식장에 있는 모습을 떠올렸다. 게다가 에이브리 장학생은 국어 성적으로 뽑는 것이었기에 앤은 고향에라도 온 듯 마음이 든든했다.

에이브리 장학금은 뉴브런즈윅에 살던 부유한 실업가가 세상을 떠나면서 재산의 일부를 기부한 것으로, 바닷가에 면한 3개 주(노바스코샤, 뉴브런즈윅, 프린스 에드워드 섬의 세

주를 가리킴)의 기준에 따라 그 지역 고등학교와 전문학교에 주어지고 있었다. 퀸스 아카데미가 포함될지 안 될지는 여태껏 미지수였는데, 이번에 드디어 결정이 난 것이었다. 학년 말에 국어와 국문학에서 가장 높은 점수를 받은 졸업생이 그 영예를 차지하며 레드먼드 대학에 다니는 4년 동안 매년 250달러를 받게 된다. 그러니 앤이 그날 밤 흥분에 들뜬 얼굴로 잠자리에 든 것도 무리는 아니었다.

앤은 결심했다.

"열심히 공부해서 그 장학금을 타는 거야. 내가 문학사학위를 받으면 매튜 아저씨가 얼마나 자랑스러워하실까! 아, 야망을 품는다는 건 정말 멋진 일이야. 이렇게 많은 꿈이 있어서 정말 행복해. 야망에는 결코 끝이 없는 것 같아. 바로 그게 제일 좋은 점이지. 하나의 목표를 이루자마자 또 다른 목표가 더 높은 곳에서 반짝이고 있잖아. 그래서 인생이 재미있는 건가 봐."

앤의 영광

최종 시험 결과가 발표되는 날 앤과 제인은 함께 학교에 갔다. 제인은 웃음을 지으며 기쁜 듯 보였다. 하여튼 통과할 자신은 있었고, 별로 힘든 목표도 없었으므로 그다지 불안한 기분으로 가책을 받는 일도 없었다. 그러나 앤은 창백했고 말수도 적었다. 이제 10분 후면 메달과 장학금의 주인을 알게 되는 순간이 왔다.

　　"너는 물론 메달이나 장학금 중 하나는 확실히 받게 될 거야."

　　제인은 교수들이 다른 결정을 내릴 만큼 불공정할 리 없다고 생각했다.

앤이 입을 열었다.

"에이브리 장학금은 틀렸어. 다들 에밀리 크레이가 받을 거라고 하던걸. 난 게시판 앞에까지 걸어가 다른 아이들 앞에서 결과를 못 볼 것 같아. 그럴 자신이 없어. 곧바로 여학생 휴게실로 갈래. 네가 보고 와서 말해줘, 제인. 혹시 뽑히지 않았더라도 빙빙 돌리지 말고 솔직히 말해줘. 그리고 절대로 동정하지 마. 약속해, 제인."

제인은 굳게 약속했다. 하지만 그럴 필요가 없었다. 학교 계단을 올라가니 복도에서 남자아이들이 길버트 브라이스를 어깨 위에 태우고, "메달 수상자, 브라이스 만세!"라며 목청껏 외치고 있었다.

그 순간 앤은 실망한 나머지 가슴이 뜨끔뜨끔 쑤시는 것 같았다.

"그렇다면 내가 지고 길버트가 이긴 것일까? 아, 매튜 아저씨가 얼마나 슬퍼하실까?"

그때였다. 누군가가 외쳤다.

"셜리 양 만세! 에이브리 수상자 만세!"

"오오, 앤. 정말 축하해! 잘됐어!"

제인은 숨을 헐떡거렸다. 둘은 그대로 여자 휴게실로 뛰어 들어가서 곧 마음에서 우러나는 친구들의 환성을 받고 밀리고 당기고 안겼다. 앤은 제인에게 겨우 속삭였다.

"아, 매튜 아저씨와 마릴라 아주머니가 얼마나 기뻐하실까? 당장 편지를 써야겠어."

졸업식 때는 매튜와 마릴라도 참석했다. 두 사람의 눈은 단상의 학생들 중에서 오직 한 사람에게 쏠렸다. 연초록색 옷을 입고 발그레한 뺨에 눈이 빛나는 키가 큰 그 여학생은 가장 멋진 글을 낭독했고, 사람들은 손짓을 하며 저 학생이 에이브리 장학생이라고 수군거렸다.

앤이 낭독을 마치자, 강당에 들어와 처음으로 매튜가 작은 소리로 입을 열었다.

"저 애를 맡아 기르길 잘했지, 마릴라?"

"그렇다고 예전에 벌써 말했잖아요. 지난 일 가지고 자꾸 짓궂게 굴기예요, 오라버니?"

두 사람 뒤에 앉아 있던 배리 할머니가 앞으로 몸을 숙여 양산 끝으로 마릴라의 등을 쿡 찌르며 말했다.

"앤이 자랑스럽지요? 나도 그렇답니다."

그날 저녁 앤은 매튜와 마릴라와 함께 에이번리로 돌아왔다. 다이애나가 초록 지붕 집으로 마중을 나와 있었다.

앤의 흰 창가에는 마릴라가 온실에서 핀 예쁜 장미꽃을 꽂아 놓았다. 앤은 주위를 둘러보고 정겨운 분위기에 휘감겨 끊임없이 감탄사를 연발했다.

"오, 다이애나! 집에 돌아오니 얼마나 좋은지 몰라. 게다가 너의 얼굴을 볼 수 있게 되어 너무나 기뻐."

"너는 정말 멋져, 앤. 에이브리 장학금을 탔으니 이제 학교 선생은 하지 않을 테지?"

"그래, 9월에 레드먼드 대학에 간단다. 멋지지? 3개월의 휴가를 마음껏 즐긴 다음에 다시 새로운 목표를 세울 거야. 제인과 루비는 교사가 될 거야. 우리가 모두 졸업했다니 굉장하지 않니? 무디스퍼전과 조시까지도 말이야."

"뉴브리지 학교에서는 지금부터 벌써 제인에게 초청이 왔대."

다이애나가 말했다.

"길버트도 선생을 한대. 길버트의 아버지가 내년 대학의 학비를 내지 못하게 됐으므로 길버트는 자기 힘으로 해

나갈 작정이래. 만일 에임즈 여선생이 이 학교를 그만 두게
되면 길버트가 오게 되지 않을까 생각해."

앤은 이상하게 실망했다. 앤은 전혀 몰랐던 사실이었다.
길버트도 레드먼드 대학에 가는 줄로만 알았던 것이다. 좋
은 자극제가 되었던 경쟁자 없이 잘해낼 수 있을까? 진짜
학위를 받게 될 대학인데, 친구이자 경쟁자가 없으니 맥이
빠지지는 않을까?

다음 날 아침 식사 때 앤은 매튜의 건강이 나빠 보인다
는 걸 문득 깨달았다. 흰머리도 일 년 전보다 확실히 늘어
나고 있었다.

매튜가 나가자 앤이 망설이며 물었다.

"마릴라 아주머니, 매튜 아저씨의 건강은 괜찮으세요?"

마릴라가 근심스럽게 말했다.

"아니, 안 좋단다. 지난봄에 심장 발작을 크게 일으켰는
데도 몸을 전혀 돌보지 않는구나. 예전부터 걱정이었다만
요즘은 조금 나아진 듯도 하고, 좋은 일꾼도 구했으니까 쉬
면서 건강을 되찾기를 바라야지. 네가 집에 왔으니 아마 좋
아지실 거야. 넌 항상 오라버니를 힘 나게 하니까."

앤이 식탁 너머로 몸을 내밀고 두 손으로 마릴라의 얼굴을 감쌌다.

"아주머니도 예전 같지가 않아요. 피곤해 보여요. 일을 너무 많이 하셔서 그런가 봐요. 제가 집에 왔으니 이제 좀 쉬세요. 오늘 하루만 정든 곳을 돌아보며 옛 추억을 되살려 보겠어요. 그다음엔 제가 일할 테니 아주머니는 쉬세요."

마릴라는 이렇게 자란 앤이 대견한 듯이 얼굴에 따뜻한 미소가 피어났다.

"일을 많이 해서 그런 게 아니야. 머리가 아파서 그래. 스펜서 선생님은 안경 얘기만 심하게 하시지만 안경을 바꿔도 조금도 좋아지지 않는구나. 6월 말에 이 섬에 유명한 안과 의사가 오니 꼭 한번 만나보라고 말하던데, 나도 그렇게 할 생각이야. 그나저나, 앤 너는 정말 훌륭하게 해냈구나. 린드 아주머니는 여자가 너무 교육을 받는 것을 찬성하지 않는다고 말을 하지만 난 그렇게 생각하지는 않는다. 그리고 레이첼 얘기를 하니까 생각이 나는데, 너 요즘 애비 은행에 대해 무슨 얘기를 들었니, 앤?"

"위태롭다고 들었어요. 왜요?"

"레이첼도 그랬단다. 그런 소문이 들려왔다고 하더구나. 매튜 아저씨는 큰 걱정을 했어. 우리 집 돈은 모두 거기에 예금을 해두었으니까. 난 처음부터 세이빙 은행에 넣자고 오라버니한테 말했지만, 애비 씨가 아버지와 가깝게 지내던 친구 분이시라 오라버니는 항상 그 은행에 맡겨 오셨단다. 애비 씨가 경영하는 은행이라면 무조건 안심할 수 있다면서 말이야."

앤은 그날 한껏 바깥에서 즐기며 보냈다. 그녀는 언제까지나 그날이 잊히지가 않았다. 검은 그림자가 하나도 비치지 않는 땅에는 꽃들이 흐드러지게 피었다.

앤은 과수원에서 한동안 행복한 시간을 보낸 다음 저녁 무렵이 되자 매튜와 함께 연인의 오솔길을 지나 방목장까지 소를 몰며 걸었다. 매튜는 고개를 숙인 채 천천히 걸었고, 키가 크고 꼿꼿한 앤은 경쾌한 발걸음을 늦춰 매튜와 보조를 맞추었다.

앤이 나무라듯 말했다.

"오늘은 너무 많은 일을 하셨어요, 매튜 아저씨. 적당히 하시지 그래요?"

"그렇긴 해도 나로선 그렇게 되지를 않아."라고 말하면서 매튜는 대문을 열고 소를 몰아넣었다.

"그저 나이 탓이야, 앤. 자, 이제까지 열심히 해온 일, 죽을 때까지 열심히 해야지."

"만일 제가 남자애라면 지금쯤 아저씨께 얼마나 도움이 되겠어요. 아저씨를 편하게 해드리지 못해 정말 슬퍼요."

앤이 말하자 매튜는 앤의 손을 매만지며 중얼거렸다.

"그렇기는 하지. 그러나 내겐 열두 명의 제자보다 너 하나가 더 소중하고 좋아. 알겠니? 열두 명의 남자애보다 더 좋단 말이다. 그리고 또 에이브리 장학금을 탄 것은 남자애가 아니고 여자애잖아? 내 딸이잖아. 나의 사랑하는 딸."

매튜는 여느 때의 잔잔한 미소로 앤을 쳐다보고는 뒷마당으로 들어갔다.

그때의 일을 앤은 그날 밤 자기 방 창가에 오랫동안 앉아 생각해보았다. 밖에는 안개처럼 새하얀 눈의 여왕이 달빛을 받으며 서 있고 언덕 과수원 집 너머 늪에서는 개구리들이 노래를 불렀다. 평온한 아름다움과 달콤한 고요함에 묻혀 은빛으로 빛나던 그날 밤을 앤은 언제까지고 기억했다. 그것은 앤에게 슬픔이 찾아오기 전의 마지막 밤이었다. 그리고 한번 그 슬픔의 차갑고 매정한 손길이 닿고 나면 다시는 돌아올 수 없는 법이었다.

불행의 예고

"오라버니……, 오라버니, 왜 그러세요? 어디 편찮으세요?"

마릴라는 놀라서 제대로 말을 잇지 못했다. 앤은 그때 두 팔 가득하게 수선화를 안고 복도를 걸어오고 있는 중이었다. 그 후로 앤은 오랫동안 하얀 수선화도, 그 향기도 좋아할 수가 없었다. 마릴라의 말과 함께 손에 신문을 접어든 채 창백한 얼굴을 일그러뜨리며 현관 문가에 서 있는 매튜의 모습이 눈에 들어왔다. 앤은 꽃을 떨어뜨리고 마릴라와 함께 부엌을 가로질러 매튜에게 달려갔다. 하지만 둘 다 너무 늦었다. 두 사람이 다가가기도 전에 매튜는 문간에서 쓰러지고 말았다.

"기절했어, 앤. 마틴을 불러 와! 빨리! 지금 헛간에 있어."

마릴라가 숨을 헐떡이며 말했다.

우체국에서 방금 돌아와 있던 일꾼 마틴이 곧바로 의사를 부르러 갔고, 가는 길에 언덕 과수원집에 들러 배리 부부에게 그 소식을 알렸다. 두 사람은 볼일 때문에 그 집에 와 있던 린드 부인과 함께 초록 지붕 집으로 달려왔다. 마릴라와 앤이 매튜를 깨어나게 하려고 미친 듯이 애쓰고 있었다.

린드 부인이 두 사람을 부드럽게 밀어내고는 맥박을 짚어보고 매튜의 가슴에 귀를 갖다 댔다. 그리고는 눈물이 가득 담긴 눈으로 불안에 떠는 두 사람의 얼굴을 바라보았다.

린드 부인이 무거운 목소리로 말했다.

"오, 마릴라, 아무래도 손 쓸 방법이 없을 것 같아요."

"린드 아주머니, 아니죠. 설마……, 설마 아저씨가……."

앤은 더 이상 말을 하지 못했다. 온몸은 새파랗게 뻣뻣이 질려버렸다.

"그렇단다, 앤. 저 얼굴을 봐라. 나처럼 몇 번 이런 얼굴을 본 사람은 알 수 있지."

앤은 그 조용한 얼굴을 보았다. 거기에는 하느님의 손길이 역력히 나타나 있었다. 의사가 와서 매튜의 죽음을 확인했다. 그의 죽음은 갑작스런 쇼크에 의한 것이라고 했다. 그 쇼크의 원인은 매튜가 쥐고 있던 신문에 실려 있던 애비 은행의 도산 기사였다. 이 소식은 곧 에이번리에 퍼졌고, 종일 이웃과 친척들이 찾아와 친절히 도와주었다. 처음으로 수줍고 조용한 매튜 커스버트가 그 중심인물이 된 셈이었다.

밤이 찾아왔을 때, 초록 지붕 집은 온통 죽음에 물들은 듯 조용해졌다. 관에 들어간 매튜는 응접실에 안치되고, 그의 모습에는 영원한 안식의 미소가 깃들었다. 매튜 주위를 꽃들이 감쌌다. 매튜의 어머니가 신혼 시절에 농장 뜰에 심었던 향기로운 옛날 꽃들은 매튜가 평생 동안 남몰래 사랑하던 것들이었다. 앤이 그 꽃들을 꺾어와 매튜에게 바쳤다. 앤이 매튜에게 해줄 수 있는 일은 그것이 마지막이었다.

배리 부부와 린드 부인이 함께 밤을 새웠다. 다이애나가 동쪽 방에 올라가보았을 때 앤이 혼자 있었으므로 함께 있으려고 했으나, 앤은 처음으로 다이애나를 거부하며 혼자 있으려 했다. 앤의 머리에는 매튜 아저씨의 여러 가지 일이 떠올랐으나 눈물은 나오지 않았다. 그저 애절한 생각이 소용돌이치며 넘쳐날 뿐이었다.

어느새 꾸벅꾸벅 졸다가 갑자기 정신이 든 순간 매튜와 대문 앞에서 헤어지던 때의 기억이 되살아나 앤은 흐느껴 울기 시작했다. 이 울음소리에 마릴라는 방으로 들어왔다. 둘은 같이 울며 마음으로 얘기하고 서러운 슬픔을 나누었다.

이틀 후에 매튜 커스버트는 자기가 일군 밭과 과수원을 통해 영원히 떠나갔다. 그리고 에이번리는 차차 평온은 되찾고 초록 지붕 집도 예전처럼 흘러갔다. 그럴수록 늘 보고 익혔던 얼굴이 보이지 않는 것이 앤을 더없이 슬프게 했다. 매튜가 없이도 세상이 변함없이 돌아간다는 사실이 앤에게는 새로운 슬픔으로 다가왔다.

어느 날 목사 사택 뜰에서 앤은 앨런 부인에게 자신의 기분을 말했다. 앨런 부인은 매튜가 이곳에 있으면 앤이 웃고 즐기는 것을 바랐을 것이므로 결코 나쁜 일이 아니라고 위로해주었다.

"저 오늘 오후에 매튜 아저씨 무덤에 장미를 심고 왔어요. 아저씨가 퍽 좋아하셨으니까요. 이제는 집에 돌아가야

해요. 마릴라 아주머니가 혼자 계시면 저녁에 쓸쓸해 하시
니까요."

"네가 학교에 돌아가면 마릴라 아주머니는 더욱 쓸쓸해
하실 거야."

앨런 부인은 말했다. 앤은 아무 말도 하지 않고 작별 인
사만 하고 천천히 집으로 돌아왔다.

마릴라는 입구 돌계단 위에 앉아 있었다. 앤은 나란히 앉
았다.

"네가 없을 때 스펜서 선생님이 다녀가셨단다. 내일 시
내에 안과 의사가 온다면서 나더러 꼭 검사를 받으러 가보
라더구나. 그 의사가 내 눈에 꼭 맞는 안경을 해준다면 얼
마나 고마운 일이겠니. 내가 없는 동안 혼자 있어도 괜찮겠
니? 마틴은 날 태워다줘야 하고 다림질 거리도 있고 빵도
구워야 하는데."

"괜찮아요. 다이애나가 와줄 거예요. 일을 말끔하게 해놓
을 테니 안심하고 다녀오세요."

그리고 두 사람은 조시와 길버트에 관한 소문 얘기를 하
였다.

"길버트가 선생을 한다는데, 정말이냐?"

"그래요."

앤은 별로 관심이 없는 듯 심드렁하게 대답했다.

"참 훌륭한 청년이 되었던데……."

마릴라가 말끝을 흐렸다.

"지난번 주일날 교회에서 봤지만 상당히 키도 크고 남자답더구나. 그 애의 아버지가 젊었을 때와 꼭 같았어. 존 브라이스는 좋은 사람이었어. 우리는 퍽 다정한 사이였어. 존과 내가 말이야. 존은 나의 애인이라는 말도 들었어."

앤은 흥미를 느끼고 얼굴을 들었다.

"어머나, 아주머니……, 그래서 어떻게 됐어요? 왜 그분이랑……."

"싸웠어. 존이 사과를 했는데 내가 받아주지 않았지. 조금 지나면 용서해주려고 했어. 하지만 그때는 삐치고 화가 나서 혼을 내주고 싶었단다. 존은 두 번 다시 돌아오지 않았어. 브라이스 집 사람들은 워낙 자존심이 강하거든. 하지만 난 늘 미안한 마음이 들었단다. 기회가 왔을 때 용서해줬더라면 얼마나 좋았을까 하고 늘 생각했지."

"그러니까 아주머니의 인생에도 낭만적인 추억이 조금은 있었던 거군요."

앤이 상냥하게 말했다.

"그렇단다. 네가 그렇게 말할 줄 알았지. 나에겐 그런 일이 없을 거라고 생각했는지 모르지만 사람은 겉모양으로는 모르는 법이야. 사람들은 나와 존과의 관계를 모두 잊었어. 나도 그랬고. 그런데 지난 주일에 길버트를 보니 지나간 일들이 모두 생각나더구나."

길모퉁이

다음 날 읍에 나갔던 마릴라는 무엇으로도 위로받을 수 없을 정도로 놀라고 말았다. 안과 전문의가 앞으로 일체의 독서와 바느질을 그만두지 않으면 눈이 영영 멀게 된다고 선언했기 때문이었다.

점심을 끝내고 앤은 마릴라에게 쉬라고 권하고는 동쪽 방에 올라가 창가에 앉았다. 앤은 무거운 마음으로 눈물을 흘렸다. 저녁의 어둠 외에는 누구도 앤의 마음을 알지 못했다. 집에 돌아온 다음 날 밤 여기에 앉아 있었을 때와 비교해볼 때 모든 것이 너무나 슬프게 변했다.

그런데 침대에 들어갈 무렵에는 입가에 미소가 떠오르

고 마음은 평화스러웠다. 앤은 앞으로 자신이 해야 할 일을 모두 깨달았다. 이것을 피하지 않고 용감하게 받아들이고 생애의 벗으로 삼겠다고 결심했다. 의무도 그것에 솔직히 부딪쳤을 때는 벗이 되는 것이다.

그로부터 며칠 후, 마릴라가 뜰에서 손님과 얘기를 나누고는 천천히 집으로 들어왔다. 손님은 앤도 얼굴을 아는 카모디에서 온 새들러라는 남자였다. 앤은 '그 사람이 무슨 얘기를 했기에 마릴라의 표정이 저럴까?' 하고 생각했다.

"새들러 씨가 왜 오셨어요, 아주머니?"

마릴라가 창가에 앉으며 앤을 바라보았다. 안과 의사의 충고도 무시한 채 마릴라의 눈에는 눈물이 차올랐고 목소리는 갈라져 나왔다.

"내가 초록 지붕 집을 판다는 소문을 듣고 사고 싶어 하는구나."

"판다고요? 초록 지붕 집을 판다고요?"

앤은 자기가 제대로 들은 게 맞는지 자기 귀를 의심했다.

"초록 지붕 집을 팔아서는 안 돼요."

"아, 나도 팔지 않고 지냈으면 하고 몇 번이나 생각했지만 나 혼자서 살면 쓸쓸해서 미쳐버릴 거야. 게다가 눈도 보이지 않게 될 거고……."

"혼자서 살 리 없지요. 아주머니 제가 있잖아요. 저는 레드먼드에 가지 않아요."

"그게 도대체 무슨 소리냐?"

마릴라는 깜짝 놀라며 얼굴을 들었다.

"말씀드린 대로예요. 전 장학금을 받지 않겠어요. 아주머니가 시내에 갔다 오신 날 밤에 그렇게 결심했어요. 지금까지 저를 위해 얼마나 정성을 다해주셨는데, 힘들어하시는 아주머니를 혼자 두고 제가 떠날 수 있다고 생각하셨어요? 전 곰곰이 생각하며 계획을 세웠어요. 한번 들어보실래요. 배리 아저씨가 내년에 우리 농장을 빌리고 싶으시대요. 그러니 농장 걱정은 하지 않으셔도 돼요. 그리고 전 교사가될 거예요. 에이번리 학교에 원서를 내기는 했지만 이사회에서 길버트 브라이스를 채용하기로 약속했다니까 기대하지는 않아요. 하지만 카모디 학교는 갈 수 있어요. 물론 에이번리 학교만큼 편하고 좋지는 않겠지요. 그래도 날씨가따뜻하면 마차로 출퇴근할 생각이에요. 겨울에도 금요일마다 집에 올 수 있어요."

마릴라는 꿈꾸는 표정으로 앤의 말을 듣고 있었다.

"앤, 네가 여기 있어 준다면, 나야 더할 나위 없이 좋지. 하지만 나 때문에 널 희생시킬 수는 없단다. 그건 말이 안 돼."

앤이 경쾌하게 웃었다.

"그런 말이 어디 있어요. 희생이라뇨? 초록 지붕 집을 포기하는 것보다 더 큰 희생은 없어요. 그보다 더 가슴 아픈 일은 없다고요. 우리는 이 정든 옛 집을 지켜야만 해요. 제 마음은 이미 정해졌어요. 아주머니, 저는 레드먼드에 가지 않아요. 여기 남아서 아이들을 가르칠 거예요. 그러니 제 걱정은 조금도 마세요."

"하지만 네 꿈은……, 그리고……."

"전 그 어느 때보다 꿈에 부풀어 있어요. 단지 꿈의 방향이 바뀌었을 뿐이에요. 전 훌륭한 교사가 될 거예요. 그리고 아주머니의 시력을 지켜드릴 거예요. 게다가 집에서 독학으로 대학 과정도 조금씩 공부할 거고요. 이곳에서 최선을 다해서 살면 틀림없이 그만한 대가가 돌아올 거라고 믿어요. 이제 길모퉁이에 이르렀어요. 그 모퉁이에 뭐가 있는지는 모르지만 가장 좋은 것이 있다고 믿을 거예요."

마릴라는 뜻을 굽히며 말했다.

"착하기도 하지. 네 덕분에 다시 살아난 느낌이다. 대학에 가라고 끝까지 설득해야 하지만 나로선 그럴 힘이 없으니 더 이상 말을 못하겠구나. 언젠가 꼭 보답을 하마, 앤."

앤 셜리가 대학을 포기하고 집에 남아 교사가 되기로 했다는 소문이 에이번리 곳곳에 퍼지자 온갖 말이 떠돌았다. 마릴라의 눈에 대해 알 리 없는 선량한 주민 대부분이 마릴라의 어리석음을 나무랐다. 하지만 앨런 부인은 달랐다. 잘 결정했다는 앨런 부인의 말에 앤은 기쁨의 눈물을 흘렸다. 사람 좋은 린드 부인도 마찬가지였다.

어느 날 저녁 앤과 마릴라가 따스하고 향기로운 여름 황혼 빛에 둘러싸여 현관 앞에 앉아있을 때, 린드 부인이 찾아왔다. 두 사람은 땅거미가 지고, 정원에 하얀 나방들이 날아다니고, 촉촉한 공기 속에 박하 향기가 가득 퍼질 무렵 그곳에 앉아 있기를 좋아했다.

린드 부인은 피로와 안도가 뒤섞인 한숨을 길게 내쉬며 문 옆의 돌 벤치 위에 묵직한 몸을 내려놓았다. 벤치 뒤로

분홍색과 노란색의 키 큰 접시꽃들이 줄지어 피어 있었다.

"앉으니까 이제야 살 것 같네요. 하루 종일 돌아다녔거든요. 90킬로그램이나 되는 몸을 두 발로 지탱하는 게 보통일이 아니에요. 뚱뚱하지 않은 것도 큰 축복이에요. 마릴라, 고마워해야 해요. 그래, 앤. 대학에 가겠다는 생각을 접었다고 들었다. 정말 잘했구나. 지금도 여자로서는 충분한 교육을 받았어. 나는 여자애들이 남자들과 같이 대학에 가서 라틴어니 그리스어니 쓸데없는 것들을 머릿속에 집어넣는 건 옳지 않다고 생각해."

앤이 웃으며 대구했다.

"하지만 저도 라틴어와 그리스어를 공부할 건데요, 린드아주머니. 초록 지붕 집에서도 대학에서 배우는 인문 과정을 모두 익힐 작정이에요."

린드 부인이 깜짝 놀라며 두 손을 들어올렸다.

"앤 셜리, 몸이 배겨나지 못할 텐데."

"천만에요. 큰 보람이 될 거예요. 그렇다고 지나치게 무리하지는 않을 거예요. 적당히 해야죠. 겨울밤은 기니까 그만큼 시간이 많이 생길 테고 전 수예에는 소질이 없거든요.

아시겠지만 전 카모디에서 교편을 잡을 거예요."

"그건 모르지. 내 생각에는 이곳 에어번리에서 가르치지 않을까 싶은데, 이사회에서 너한테 자리를 주기로 결정했다던걸."

앤이 놀라 벌떡 일어서며 소리쳤다.

"린드 아주머니! 그건 길버트 브라이스가 가르치기로 되어 있었잖아요?"

"그랬었지. 그런데 네가 에이번리 학교에 지원서를 냈다는 소리를 듣고 길버트가 이사들을 찾아갔다지 뭐냐. 어젯밤 학교에서 이사회가 열렸거든. 자기는 지원을 취소할 테니 너한테 자리를 주라고 했다는 거야. 자기는 화이트 샌즈에서 가르칠 거라면서 말이야. 물론 널 위해서 포기한 거지. 네가 얼마나 마릴라와 함께 있고 싶어 하는지 알고 있으니까. 정말 친절하고 사려 깊은 아이 아니냐. 게다가 화이트 샌즈에 있으려면 하숙비도 들고, 알다시피 대학도 자기 힘으로 벌어서 가야 하는데 말이야. 그야말로 진정한 희생인 거지. 그래서 이사회에서 널 채용하기로 결정한 거야. 토마스가 집에 와서 그 이야기를 했을 때 난 얼마나 기뻤는지 모른다."

앤이 중얼거렸다.

"그러면 안 될 것 같아요. 길버트가 저 때문에⋯⋯. 그런 희생을 하게 할 수는 없어요."

"이젠 어떻게 할 수도 없어. 길버트는 벌써 화이트 샌즈 이사회와 계약을 해버렸으니까. 네가 거절한다고 해도 길버트한테는 아무런 도움이 안 될 거야. 네가 당연히 에이번리 학교를 맡아야지. 이제 파이 씨네 아이들도 없으니 잘할 수 있을 거야. 조시가 마지막이어서 정말 다행이지. 지난 20년 동안 에이번리 학교엔 파이 씨네 가족이 안 다닌 적이 없었단다. 하나같이 선생님을 괴롭히기 위해 태어난 아이들 같았다니까. 에구머니! 배리 씨 집에서 깜빡거리는 게 도대체 뭐냐?"

앤이 웃으며 말했다.

"다이애나가 오라고 신호를 보내고 있어요. 옛날부터 해오던 거예요. 잠깐 가서 무슨 일인지 알아보고 올게요."

앤은 클로버가 무성한 비탈길을 사슴처럼 뛰어 내려가 유령의 숲 전나무 그늘 속으로 사라졌다. 린드 부인이 부드

274

러운 눈길로 그 모습을 바라보았다.

"아직도 어린애 같은 구석이 많군요."

"숙녀다운 면이 훨씬 많아요."

순간 예전의 팔팔한 성미가 되살아난 듯 마릴라가 톡 쏘아붙였다. 하지만 그것은 더 이상 마릴라의 성격이 되지 못했다.

그날 밤 린드 부인은 남편 토마스에게 이렇게 말했다.

"마릴라 커스버트가 부드러워졌어요. 정말이에요."

다음 날 저녁 앤은 에이번리 공동묘지에 가서 매튜의 무덤에 신선한 꽃을 놓아주고 스코틀랜드 장미에 물을 주었다. 미루나무 잎사귀가 다정한 소리로 나직이 인사하듯 살랑거리고, 무덤가에서 제멋대로 자라난 잡초가 속살거리는 이 작은 묘지의 평화로움과 고요함이 좋아서 앤은 땅거미가 질 때까지 주위를 서성거렸다. 이윽고 그곳을 떠나 비탈진 긴 언덕을 걸어 반짝이는 호수 쪽으로 내려오니, 해가 넘어가고 에이번리의 풍경이 저녁노을 속에서 태곳적 평화를 간직한 채 눈앞에 펼쳐졌다. 바람이 클로버 들판 위로 불자 달콤한 향기와 함께 신선한 기운이 감돌았

275

다. 농장에서 자라는 나무들 사이로 여기저기 집에서 흘러나오는 불빛들이 반짝거렸다. 저 멀리로는 자줏빛 안개에 휩싸인 바다가 보였고, 희미한 파도의 웅얼거림이 끊임없이 들려왔다. 부드럽게 어우러진 빛깔들이 서쪽 하늘을 아름답게 수놓았고, 연못에 비치면서 더욱 부드러운 색조를 띠었다. 그 모든 아름다움에 앤은 벅찬 전율을 느끼며 마음의 문을 활짝 열어 고마움을 전했다.

"정든 세상아, 정말 아름답구나. 내가 네 속에 살아 있다는 것이 너무나 기뻐."

앤이 혼잣말을 했다.

언덕을 중간쯤 내려오자 키가 큰 청년이 휘파람을 불면서 브라이스 씨 집 문을 열고 나왔다. 길버트 브라이스였다. 앤을 알아본 길버트가 휘파람을 그치며 공손하게 모자를 벗었다. 하지만 앤이 멈춰 서서 팔을 내밀지 않았다면 아무 말 없이 지나쳐 갔을 것이었다.

앤이 얼굴을 붉히며 말했다.

"길버트, 날 위해 학교를 양보해줘서 고마워. 너는 정말 좋은 사람이야. 내가 고마워한다는 걸 알아줬으면 좋겠어."

길버트가 앤이 내민 손을 꼭 잡았다.

"아니, 별로 큰 일도 아닌걸 뭐. 앤에게 조금이라도 도움이 되었다면 정말로 기쁘게 생각해. 그럼 이제 우리 친구가 되는 거니? 내 옛날 실수를 정말 용서하는 거야?"

앤은 웃으면서 손을 빼려고 했으나 소용이 없었다.

"내가 그날 호숫가에서 얘기를 했지만 나 자신도 무슨 얘기인지 몰랐었어. 얼마나 옹고집의 바보였는지. 모든 것을 털어놓고 얘기한다면……, 난 그때부터 줄곧 후회하고 있었어."

길버트가 기뻐하며 말했다.

"우리들은 가장 좋은 사이가 될 수 있지 않을까? 우리들은 그렇게 태어났어, 앤. 오랫동안 거역해 왔지만 서로 도우며 지낼 수 있다고 생각해. 공부는 계속할 거지? 나도 그래. 자아, 집까지 바래다줄게."

앤이 부엌으로 들어오자 마릴라가 궁금한 듯이 쳐다보았다.

"함께 걸어온 사람이 누구니, 앤?"

앤이 얼굴이 빨개지며 말했다.

"길버트 브라이스예요. 배리 씨네 언덕에서 만났어요."

마릴라가 태연히 웃으며 말했다.

"너와 길버트가 문간에서 30분 동안이나 서서 이야기를 나눌 정도로 친한 사이인 줄은 몰랐구나."

"그래요, 우리는 지금까지 서로 경쟁자였어요. 하지만 지금부터는 좋은 친구가 되는 것이 좋다는 것을 깨달았어요. 우리가 정말로 30분이나 거기 있었나요? 전 겨우 5분 정도로 생각했는데요. 5년간의 세월을 벌충하지 않으면 안 되잖아요. 마릴라 아주머니."

앤은 그날 밤 만족감이 주는 행복을 몸에 배도록 맛보았다. 바람이 산들산들 불고 박하의 향기가 날아들었다. 별들은 전나무 위에서 반짝이고 나무 사이로 언뜻언뜻 보이는 다이애나의 집 문의 불빛이 반짝이고 있었다. 앤의 평행선은 퀸스에서 돌아온 밤을 경계로 하여 좁아졌다. 그러나 길이 좁혀졌다고 해도 앤은 조용하고 행복한 꽃이 그 길에 만발하고 있다는 것을 알고 있었다. 진지한 일과 큰 포부와 두터운 우정은 앤의 것이었다. 어떤 것도 앤이 태어날 때부터 가지고 있는 공상과 꿈나라를 빼앗을 수는 없었다. 길에는 언제든지 모퉁이가 있는 법이다.

"하느님은 하늘을 다스리고 지상은 태평하도다."
(영국 시인 브라우닝의 말)

앤은 낮은 목소리로 속삭였다.

작품 해설

　어려서부터 이야기를 만드는 재주가 뛰어났던 루시 모드 몽고메리는 캐나다 동부 지역인 프린스 에드워드 섬에서 태어났다. 생후 21개월 만에 몽고메리의 어머니가 병으로 죽자, 아버지는 장사와 재혼을 위해 그녀의 곁을 떠났다. 그래서 몽고메리는 외조부모가 사는 캐번디시의 농장에서 유년시절을 보내게 되었다. 이 어린 시절의 경험이 『빨강머리 앤』을 구상하는 데 큰 영향을 주었다.

　몽고메리는 10세부터 창작을 하기 시작하였으며, 15세 되던 해에는 샬럿타운 신문인 《패트리어트》에 시 「케이프 르포르스 위에서」가 처음으로 발표되었다. 이후 교직생활, 기자생활을 하다가 다시 대학에 들어가 영문학을 전공했다.

몽고메리는 자신의 경험을 토대로 이야기가 될 수 있는 소재들을 메모하고는 했는데, '어느 노부부가 고아원에 남자아이를 입양하겠다는 신청서를 낸다. 그런데 중간에 어떤 착오가 생겨 고아원에서 여자아이를 보낸다.'는 어릴 적 적어두었던 글귀를 보고는 이를 토대로 『빨강머리 앤』을 구상하게 되었다.

이는 몽고메리가 열일곱 살 되던 해에 실제로 벌어진 일이었다. 그녀의 외가 쪽 친척어른인 피어스 맥닐과 동료 농부가 일손을 거들 남자아이 두 명을 입양하기로 하고 절차를 밟았는데, 막상 아이들이 오기로 한 날 역으로 마중을 나갔더니 기차에서 세 살짜리 여자아이와 다섯 살 소년이 내리고 말았다. 맥닐은 여자아이를 돌려보내지 않고 집으로 데려와 엘렌이라는 이름까지 붙여 주었다. 그 후 엘렌은 몽고메리의 집에서 그리 멀지 않은 캐번디시의 농장에서 자랐다.

『빨강머리 앤』의 앤 셜리가 커스버트 남매의 집에 오게 된 이야기도 실제로 벌어진 사연과 비슷하다. 그리고 소설 속 앤이 사는 곳인 아름다운 초록 지붕 집은 엘렌이 살던 캐번디시 농장을 보고 구상한 것이었다. 또한 앤이 부모를 일찍이 병으로 잃고 고아가 된 배경은 몽고메리의 어린 시절 환경에서 비롯된 것임을 느낄 수 있다. 하지만 몽고메리는 앤 셜리가 사촌동생인 엘렌의 복사판이라는 주장을 극구 부인했다. '앤 셜리'라는 인물은 엄연히 상상의 산물이라는 입장을 고수했다.

『빨강머리 앤』을 구상하기 몇 해 전에 몽고메리는 「골든 캐롤」이라는 소설을 완성했다. 하지만 수줍고 상냥한 여자가 주인공인 이 소설을 책으로 내겠다는 출판사가 없었다. 원고를 보냈다가 거절당하기를 숱하게 반복한 끝에, 몽고메리는 결국 출간을 포기하고 원고를 불태워 버렸다.

시간이 한참 흐른 뒤에야 몽고메리는 주인공의 단조로운 성격이 「골든 캐롤」의 문제점이었다는 사실을 알게 되었다. 그래서 『빨강머리 앤』의 앤은 전작의 주인공과 완전히 다른 성격의 인물로 그리기로 마음먹었다. 그렇게 앤은 상상력과 호기심이 풍부하고 배짱이 두둑한 명랑한 소녀로 탄생했다. 1904년, 몽고메리는 아담한 다락방 창가에 앉아 본격적으로 앤의 이야기를 쓰기 시작했다.

그러나 이번에 완성된 소설도 출판사로부터 다섯 번이나 거절당하고 말았다. 원고는 다락방 구석 상자에 방치되었다. 그러던 어느 날, 몽고메리는 다시 소설을 읽어보고는 원고의 가치를 느끼고 보스턴에 있는 출판사에 원고를 보냈다. 그리고 탈고 후 5년이 지난 후에야 출판을 하게 되었다.

『빨강머리 앤』의 희망적이고 명랑한 고아 여자아이의 성장 이야기는 캐나다 독자들의 열렬한 호응을 얻었다. 그래서 몽고메리는 후속편을 기다리는 독자들을 위해 37세에 맥도널드 목사와 결혼한 후에도 『빨강머리 앤』의 속편을 비롯한 많은 걸작을 남겼다.

에이번리 초등학교에 부임한 이후의 이야기를 다룬 『에이번리의 앤』, 에이번리를 떠나 레드먼드 대학을 가서 소설가로서의 꿈을 키우며 사랑을 경험하는 앤의 성장기를 다룬 『레드먼드의 앤』, 고등학교의 교장으로 부임하여 아이들과 함께하는 일상을 그린 『윈디 윌로우스의 앤』이 소설로 출간된 앤 시리즈 이야기이다.

많은 독자들에게 꿈과 희망이 가득한 따뜻한 이야기를 들려주며 공감을 불러일으킨 몽고메리는 1942년 68세에 세상을 떠났다. 그녀는 생전에 20여 권의 소설과 2권의 시집을 남겼다. 그리고 몽고메리가 세상을 떠난 지 67년만인 2009년, 그녀의 아들이 단편과 시를 묶어 『블라이스가의 단편들』을 출간했다.

작가 연보

1874년 11월 30일 아버지 휴 존 몽고메리와 어머니 클라라 울너 맥닐의 딸로 프린스 에드워드 섬의 클리프턴 마을에서 출생.

1876년 어머니 클라라가 폐결핵으로 사망. 외조부모가 사는 캐번디시 맥닐 농장에 맡겨짐.

1884년 10살이 되던 해, 첫 번째 시 「가을」을 지음.

1890년 샐럿타운의 지역 신문인 《패트리어트》지에 시 「케이프 르포르스 위에서」가 실림.

1893년 시 「제비꽃만이」가 뉴욕의 《레이디스 월드》지에

실려 첫 원고료로 두 사람분의 정기 구독권을
받음.

1894년 2년간의 대학 과정을 1년 만에 마치고 교원자격
을 얻음. 프린스 에드워드 섬 북쪽 마을 비더퍼드
에서 교사생활을 시작함.

1985년 캐나다 본토에서 문학공부를 하기 위해 비더퍼
드의 교사직을 관두고 할리팩스의 댈하우지 대
학에 입학함.

1900년 아버지 휴 존이 폐렴으로 사망.

1901년 할리팩스의 석간신문 《데일리 에코》의 교정자
겸 기자로 근무. '신시아'라는 필명으로 주 1회
칼럼을 연재.

1903년 캐번디시 장로교회에 부임한 이완 맥도널드 목
사와 만남. 외할머니를 돌보며 유명한 투고자로
활동함.

1904년 장편소설 「빨강머리 앤」을 집필하기 시작함.

1906년 다섯 출판사에 「빨강머리 앤」 원고를 보내지만
거절당함.

1907년 「빨강머리 앤」의 원고를 미국 보스턴 L. C. 페이
　　　　지사에 보내고 두 달 뒤에 출판 가능하다는 통보
　　　　를 받음.

1908년 장편소설 『빨강머리 앤』 출간.

1909년 속편 『에이번리의 앤』 출간.

1910년 장편소설 『과수원의 세레나데』 출간.

1911년 외할머니 루시 울너가 폐렴으로 사망. 이완 맥도
　　　　널드 목사와 결혼.

1912년 첫째 아들 체스터 캐머런 출산.

1914년 둘째 아들 휴가 태어난 지 하루 만에 세상을 떠남.

1915년 셋째 아들 스튜어트 출산. 『레드먼드의 앤』 출간.

1916년 몽고메리의 유일한 시집 『파수꾼』 출간.

1917년 『앤의 꿈의 집』 출간. 토론토의 잡지 《여성 세계》
　　　　에 6개월간 연재한 자서전 『험한 길』 출간.

1919년 『무지개 골짜기의 앤』 출간. 『빨강머리 앤』을 원
　　　　작으로 윌리엄 데스몬드 테일러 감독이 만든 무
　　　　성영화 개봉.

1920년 L. C. 페이지사가 단편소설집 『앤과 마을 사람들』

을 무단으로 출판. 9년간에 걸친 긴 재판 끝에 승
소함.

1921년 '앤' 시리즈를 중단하고 장편소설『앤의 딸 릴러』
출간.

1923년 캐나다 여성 최초로 영국왕립예술원 회원으로
추천받음.

1936년『윈디 윌로우스의 앤』을 출간해 '앤' 시리즈를 재
개함.

1942년 4월 24일 캐나다 토론토에서 세상을 떠남. 캐번
디시의 공동묘지에 묻힘.

2009년 몽고메리의 아들이 15가지의 단편과 41편의 시
를 모아『블라이스가의 단편들』출간.